U0927912

愿意在春天里虚度光阴

包利民 著

江苏凤凰文艺出版社
JIANGSU PHOENIX LITERATURE AND ART PUBLISHING LTD

图书在版编目（CIP）数据

愿意在春天里虚度光阴 / 包利民著 . -- 南京 : 江苏凤凰文艺出版社 , 2020.6
ISBN 978-7-5594-4627-5

Ⅰ . ①愿… Ⅱ . ①包… Ⅲ . ①散文集 - 中国 - 当代
Ⅳ . ① I267

中国版本图书馆 CIP 数据核字 (2020) 第 036184 号

愿意在春天里虚度光阴

包利民　著

出　　品	九志天达
责任编辑	刘洲原　白　涵
特约编辑	曲安娜
责任印制	刘　巍
出版发行	江苏凤凰文艺出版社
	南京市中央路 165 号，邮编：210009
网　　址	http://www.jswenyi.com
印　　刷	三河市金泰源印务有限公司
开　　本	690mm × 980mm 1/16
印　　张	15
字　　数	200 千字
版　　次	2020 年 6 月第 1 版　2020 年 6 月第 1 次印刷
书　　号	ISBN 978 - 7 - 5594 - 4627 - 5
定　　价	36.80 元

目录
Contents

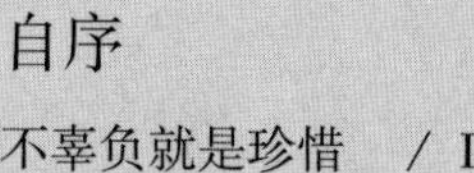

自序

001

第1辑

一路走，一路拾

目录
Contents

045
第2辑
收集心情的碎片

目录
Contents

087

第3辑

摘来星星拼成月亮

目录
Contents

133
第4辑
时光与心情的对话

目录
Contents

177
第5辑
节气里的旧时光

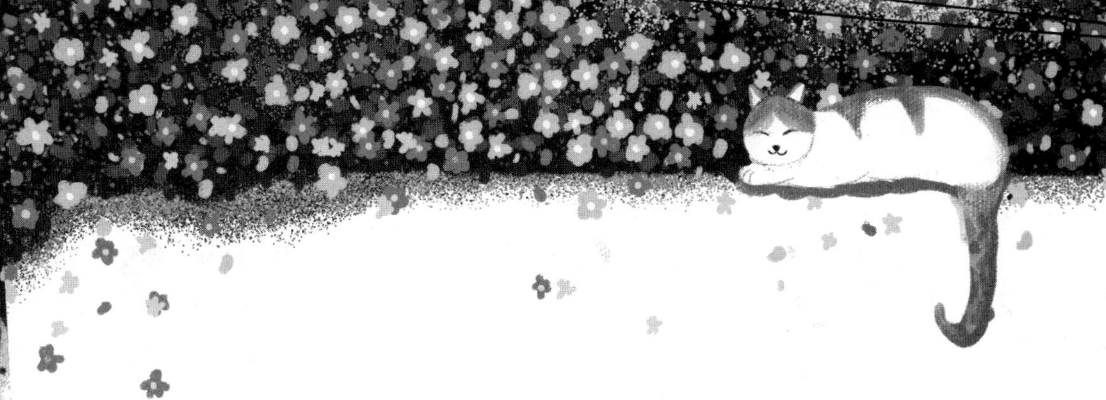

自序

不辜负就是珍惜

美好的时光怎样度过?

有人说，美好的时光里，应该努力学习用心读书，才能充实每一个日子。可是回想起来，在打翻了春天的野外，在阳光流淌的小河里，在斑斓的五花山上，在茫茫的雪原深处，那些美丽的时光，我大多是虚度的。

任何书也拴不住我的眼睛，学习什么都觉得是在浪费，倒不如于天地间放逐脚步和心灵。回来后，心情就不一样了，看书学习也会感觉不一样。我觉得这样的虚度很值得，如果我于书本间错失了四时风光，才会觉得是一种遗憾。

什么是珍惜，不辜负就是珍惜。当你的心情融入了四时佳兴，即使没有实质性的收获，那也是一种充实。只有人的内心先自丰盈了，做别的事才会如鱼得水。没有留白的生命，换来的只是拥挤的生活，注定疲惫不堪。

经常有人问我，感觉没有什么可写的，没有那么多故事，甚至没有那么多经历，生编硬造出来的，自己看着都别扭，这该怎么办？其实，没有故事是可以理解，没有经历，却并不是这样。所说的经历，不一定就是那些与众不同的、坎坎坷坷的，平凡的历程更值得铭记。同样，写文章，也并不一定非要有一个完整的故事，哪怕有所感的片段，触动心怀的点滴刹那，甚至某一时某一地的某种心情，都可以写成文章。

“好鸟枝头亦朋友，落花水面皆文章。”与其在大好时光里，埋着头闭门造车，不如走出门去，牵着清风的手，让阳光开满衣襟，看江风逐浪，看柳絮扑天，便会觉得花草带笑、山水含情。或许你就会于某个时刻心有所感，从而回去后自然流淌出一篇文章。

所以，对于时光或者事物，所说的珍惜，也许就是融入一种心情。当多年以后，回望所有的前尘，那些与心情相融的日子，你才会觉得是最无悔的，才会觉得没有辜负。

把我的心情蕴进字里行间，再走入你们的心中。当你面对这本打开的书，希望我没有辜负你们的眼睛。

愿你们都能学会不辜负，都能懂得真正的珍惜。

就像，我珍惜着你们停留在这本书上的每一束目光。

祝福读者诸君四时安好，岁月长在。

第1辑

一路走，一路拾

那些路过生命的美好，绵绵密密地补缀着我们心上的缺失，从而让我们在温暖中走向丰盈。长路漫漫，步履匆匆，那些爱如游走的风景，总是在我们的回望里生动。

蚂蚁在大地上书写感动

许多年以后，蚂蚁依然可以随处可见。它们弱小的生命延续着古老的生活，风行雨走，飞霜飘雪，却抹不去它们的痕迹。

我曾观察一只觅食的蚂蚁，它兴冲冲地叼着一个饭粒急急地走着。它弯弯曲曲地走过一条复杂的路线，向着一个方向。我给它设置各种障碍，它都能找到出路。我用草棍将它口中的饭粒拨下来，它竟是毫不回顾，掉头而去。隔了好一会儿，它才又跑回来，重新叼起饭粒继续赶路。儿时淘气，便用草棍将它的身躯尾部斩去。蚂蚁终于不动了，僵然卧在那里，似乎生机全无。

忽然，蚂蚁的前半截身躯又动了，挣扎了几下，它又开始向前爬，嘴里仍叼着那饭粒！我吃惊地看着它，跟在它后面，看它能爬出多远。它转来转去地爬到十米外的墙角处，虽然艰难，饭粒几次脱落，它都没有弃，最后，在一个蚁穴前停下来，饭粒滚落在一旁，它也终于奄奄一息。过了一会儿，从洞口里爬出一群蚂蚁，将饭粒和那半只蚂蚁都拖回了洞穴里。

我的心充满了悔意，我知道那只断蚁活不长了，我亲手扼杀了一个辛勤为家的小生灵！从那以后，我开始敬重每一个为了家庭而奔波的人，不论他的工作有多平凡！

更做过一件荒唐的事。和一群小伙伴挖蚁洞，其中曲折无比，极为幽深，而且里面还有许多大大的类似屋室类的房间，通道四通八达。挖开了好大一片，最后，发现了主巢，里面堆积着密密麻麻的蚁卵。在中间，找到了蚁后，它比蚂蚁要大许多，有小手指粗，微黄。未及有所动作，忽许多蚂蚁从四处爬来，它们抬起蚁后仓皇而走。更多的蚂蚁，则衔着蚁卵紧随其后。

并未追杀，隔日再去看，那个蚁穴已经废弃，空无一物。

听人说过，蚂蚁是很神奇的一种生物。它们独自的时候，弱小，似乎只是出于本能地活动。而当它们聚成一大群时，便会爆发出令人震惊的智慧。不仅有明确的分工，更能在面对困难时各司其职想出应对办法。这不全是因为它们的团结，它们能互相交流，似乎是它们把每一个的微小智慧联合在了一起。

遇见过一次蚂蚁攻击一条虫子。

那是一条极为巨大的青虫，也是很凶悍，刚刚从一只鸡的飞扑下逃脱，却不想落入蚁阵的包围中。蚂蚁的攻击很有组织性，有十几只强壮的，死死咬在虫子身上，任其翻滚也不松口。其余有的在一旁不停地爬动，随着虫子的去向而聚集，有的则不停地咬在虫子身上。渐渐地，虫子的行动越来越迟缓，它的身上，已布满了一层的蚂蚁。此时，几乎所有蚂蚁都贴靠在虫子身上，极为缓慢地拖着虫子移动。

到了洞口，却出现了问题。洞口过于狭小，虫子的身躯无法通过。此时，虫子身上的蚂蚁纷纷爬下来，于是洞口开始不停地有蚁出入。过了一小会儿，有些蚂蚁重又爬到虫子的身上，不停地噬咬。我不知道它们要做什么，猜想可能是想把虫子就地吃掉。

下午的时候再去蚁穴洞口看，虫子已经被肢解得差不多了，蚂蚁们三三两两地拖着一小块儿，不停地往洞里运送。看着这些小小的蚂蚁，忽然明白，强大的败于弱小的，往往都是被其蚕食，一点点地瓦解了战斗力。

后来，也曾为童年残害过蚂蚁而感到愧疚，那只被我弄断了身子的蚂蚁，许多年来一直挣扎在我的心里；被我毁去家园的那只蚁后和那群蚂蚁，常常在我的梦中凄惶奔走。可是，真正让我对这些蚂蚁肃然起敬的，却是另一件事。

我相信，很多人没有见过许多蚂蚁在一起时的另一种形态。

那一年秋天，江里涨大水，冲毁了一段堤坝。我站在水边向那无边的辽远水面望去，蓦然，一团黑乎乎的东西便闯进了我的眼睛。似乎有皮球那么大，正从远处漂过来。会是什么？我仔细地看着，也没有看清楚，而且，离得越近，那团东西反而越小。等得到了岸边，已不足拳头大小。

我怔怔地站在那里，竟是看出了满眼的泪，任凉凉的风吹拂着我的感动。那是一团蚂蚁。我可以想象，当大水袭来时，蚂蚁们便聚成一团，以此来抵抗大水的冲击。它们漂浮在水面上，外层的蚂蚁每一刻都有被冲落的。我看着脚下的那一小团，它们已经散开，静静地伏在地上晾着身上的水。最里面中间的这些，几乎全是幼蚁！

在这些蚂蚁面前，我感动，甚至震动。我想到了那些为我们付出一生心血的亲人，想到了人世间种种美好的情感。原来，无论是人还是蚂蚁，那种无私的爱都是相同的，而有的时候，我们更应该惭愧，在这些我们认为是卑微的生物面前。

这个时候，再想起童年往事，疼痛便会无边无际地涌来。

母爱是一根针

回想遥远的往事，努力想找出自己记忆中母亲最初的身影，她才发现，隔着那么多的岁月，母亲留给她的依然是在灯下飞针走线的情景。那时的母亲还很年轻，一针一线地给她缝制新鞋子、新衣服，还有上学的花书包。她常想起母亲的那双手，长年干农活，那手已经粗糙无比，结满了老茧。可就是这样一双手，捏起细小的针，做起活来那么灵巧。

十岁那年，她忽然就对针线活产生了兴趣，母亲做活的时候，她也会拿起一根针，穿上线，用一些小布头缝制一些小东西。起初的笨手笨脚，常常被针刺了手，钻心的痛。有时她也会看见母亲被针刺了手，可是母亲浑然不觉般，继续穿向下一个针脚。后来，她终于也能把一手针线活练得熟练无比，可母亲却不让她做活，似乎只要她练会了就可以了。

读初中后在镇里住校，每星期回到家，母亲都会拉过她，仔细地看。夜里的时候，她有时醒来，看见母亲仍在灯下，拿着她的衣裤什么的，小心地缝着那些针脚松动的地方。在灯光下，母亲是那么安静，眼中只有针线，只有女儿的衣服。那样的时刻，她用被子蒙住头，心里涌起巨大的感动与幸福。

记不得是从什么时候开始，似乎是高中的时候吧，她开始发现母亲的苍老。虽然做活时仍然熟练，可是纫针的时候却很困难了，把线穿进小小的针孔里，成了最费力的事。她常常帮母亲纫针，轻轻地把线头一捻，对准针孔，一下子就穿进去，很有母亲当年的风范，母亲看了就舒心地笑。那时的母亲做针线活儿时已经戴上了花镜，可是似乎家里的针线活越来越少。日子渐渐好起来，即使在农村，也很少有人再自己缝制衣服，都是买来的时新式样。母亲终于可以安闲了，她想。

可是，她每次回到家，母亲仍是习惯性地看她的衣裤，却发现再也没有可以下针的地方，脸上就有了一丝失落。那已是她读大学时了，记得有一年放假回家，她穿了一件带纽扣的衣服，母亲眼睛一亮。然后母亲开始翻找针线盒子，这个时候家里已经搬到县城，可针线盒母亲一直都带着，虽然已经很少动用。找出了针线，她帮母亲纫上线，母亲拿过她脱下的衣服，把每个扣子又重钉了一遍。这时的母亲，脸上全是满足与微笑，不知是重操针线的幸福还是终于可以再为女儿做活儿的心愿，那是她多年不曾见到的神情，她的心里也是暖暖的感动。

大学毕业后，她去了更遥远的一个城市工作，离家千里。那是极北的一个城市，冬季漫长而寒冷，那年的秋天，她就收到了母亲寄来的包裹，那是一床厚厚的新棉被。她知道那是母亲怕她冷，特意为她做的。可是，还没等到冬天，母亲却走了。她回到家，再也看不到母亲，看不到母亲上下打量她的衣服的情景，想到曾经的许多许多，不禁悲从中来。母亲生病她是知道的，可是母亲却说小病没有事。她也没放在心上，正逢她刚工作的艰难时期，就没有回去看母亲。父亲告诉她，母亲在病中挣扎着给她缝棉被，眼睛几乎都看不见了，她很难想象，那样的母亲，是怎样艰难地一针一线地把对女儿的爱都绵绵地缝进被里。

回到工作的城市，她带回了母亲用了几十年的针线盒，那里面还存留着许多针和线，却再也没有一双手拿着它们灵巧地翻动。那个冬天无比地寒冷，一如她失去母亲的心境。母亲做的棉被，她一直不舍得盖。终于在最冷的日子，她盖上那床棉被，一种柔软的温暖将她紧紧围绕。就像以前，一想到家中的母亲，心里就会暖暖如春。忽然，她觉得腿上一阵钻心地刺痛，开灯，掀开被子细看细摸，终于拽出了一根细细的针。她知道，母亲的眼睛不好，做好了被子，却忘了一根针在里面。

这一下的刺痛，瞬间引发了所有的思念和悲痛，那个寒冷的夜里，她拥着被子坐在床上，任泪水奔流。是啊，母爱就像那枚小小的针，为儿女们缝制所有的美好与温暖，就算偶尔的刺痛，也是幸福的引线，是思念的开端。

藏在岁月里的流逝

腊月，大雪初停。我们在雪地里打雪仗，奔跑，追逐，跌倒，欢笑，于是最深的冬天里，漾起一朵最欢快的浪花，从不会被寒冷所冻结。

当脸冻得通红，当手冻得通红，当头发上都被呼吸的热气凝了霜，我们才裹挟着一身寒气冲进家门。围着旺旺的火炉，好多双小手争抢着伸向炉盖的上方，去抓那份温暖。过了一会儿，我们都缓过来，开始说笑。忽然，看见表弟的裤子湿了一大块，问他怎么弄的，他说之前藏了一个雪球在裤兜里，想拿回来玩儿，进门就忘了，结果化了。

我们都大笑，说他傻。外面那么多雪，非要揣回来。他红着脸分辨，说外面虽然有雪，可屋里没有啊。我们依然笑，他眼睛滴溜地转着，忽然看到小表妹，立刻就想到了转移注意力的办法："她还把花揣回来过呢！"

小表妹不停地笑。那还是夏天的时候，我们一群兄弟姐妹去野外疯玩，女孩子们采来野花编成花环戴在头上，男孩子们则在草地上翻翻滚滚。小表妹最喜欢花儿，见到好看的，就想摘下一朵。到了冬天的时候，家里收拾孩子们夏天的衣服，在小表妹衣服的口袋里，翻出许多已经干枯得失去形状和颜色的花来。原来，她喜欢的，就摘一朵揣进口袋，回来就忘了。那件衣服她只穿了一次，也没洗，就放了起来，结果，那些花儿也被收藏了起来。

笑够了，小表妹对表弟说：“我的花儿干了，可还有啊，你的雪呢？化了就没了！”

当儿时的岁月倏忽间遥远，这个场景却总在某个时刻，穿透时光的河，在心底清晰地荡漾。在不断地告别、不断地失去之后，当空间离故土越来越远，当时间离最初的圣洁越来越远，当梦想离心中的感动越来越远，我总是在辗转失落中，想把一些情节抓住，紧紧地攥在手心里，或者藏在心底的某个角落。可是到得最后，才发现，许多的细节已被流年蒸发掉，许多的心情也已被光阴篡改。

再想起当年表弟裤兜里的雪，小表妹口袋里的花儿，便再也没有了笑的冲动。或许只会轻轻莞尔，却掩盖不住那份感慨。在表弟裤兜里那个雪球融化的短暂时间里，在小表妹口袋里那些花朵逐渐干瘪的季节变换里，那份流逝，短暂而又漫长。然后三十多年的烟尘漫漫，流逝就成了沧桑。雪融化成水，花干枯成灰，容易看到，而更多的变迁，却在岁月里隐藏得更深，很难发现。总是在结局到来的时候，才霍然而惊。

那么，我曾经小心翼翼留存的，充满希望收藏的，流逝之后，真的就枯萎得面目全非了吗？真的就化云化烟消散了吗？如果是，怎么我的心会有一种遥远的幸福？怎么我的心情会微微地荡漾？就像是看一本很喜欢的书，看过了，把书放进书柜，然后几经搬迁，那本书就丢了。可是，书丢了，书中的内容却不会消失得干干净净，总会有一个酷似的情节，刹那间点亮许多的细节。

那些收藏起来的，就算只剩下微尘，也会在回望的目光里，生长成无边无际的美好，只有你自己知道。

就像那个冬天，在炉畔，表弟说：“雪化成了水，可我知道它原来是一团雪。”

就像笑着的小表妹所说：“花干了，可我知道原来它们是花。当初我还让你们闻了，还有香味呢，有香味就是花，不管开着还是干了！”

那些信在记忆里潮起潮落

一

刚入大学时，入住的宿舍楼原是女寝，因女生公寓竣工，所以让给了男生。整理床铺时，在草垫下面发现了一个信封，当时没有细看，便放在枕下。待平静下来，躺在床上，想起，便拿出那个信封，里面有几张稿纸，信封上并无字迹。

发现是几封信在一起，便逐一看起。每封信都极短，且没有称呼和署名。第一封："我想了好多天，我们还是分手吧！"第二封："我犹豫了很久，我们分手好吗？"第三封："总是想起以前在一起的日子，你说我们会分手吗？"第四封："想从前的那些美好日子，真想和你走一辈子！"

没有第五封。我想，这些可能是那个女孩子打过的草稿，或者写好后又觉不妥，反复斗争，于是一改再改。无法想象最终成稿的信是什么内容，也无法想象这一对情侣最后的结局，可是于这短短信笺的字里行间，却能体会那种情思婉转的悄喜轻愁，如此，便已尽够美好。

二

听一个朋友讲过他的故事。高中时他就暗恋班上一个女生，那时忙于学习，加之性格内向，便一直不曾表白。而那个女生却正和他相反，机灵古怪，常常做出一些让人哭笑不得的事，这就更让他望而却步。

上大学后，他辗转打听到那女生的联系方式，鼓起勇气给她写了封信表白。在望穿秋水的盼望中，终于等到了回信，可是当他小心地剪开封口，里面却空空。他想不明白这是怎么回事，或许她写好信粗心大意之下忘了装进信封里吧！于是他就又写了封信，可是回信依然是空信封，一想到女生稀奇古怪的行事，便也释然，或许这是她的一种考验。于是他就不停地写信过去，女生每信必复，后来，收到女生的信，他用手一捏，知道是空信封，便不再拆开。

终于有一天，女生没有回信。他等了半个月，又写了封信，依然没有回信。他不甘心，又写了好多封后，在收不到女生哪怕一个空信封后，便黯然放弃。女孩共寄给他十三个空信封，一个很不吉利的数字。多年以后，他毕业成家，听说那女生也已嫁人。有一次同学聚会中，他终于有机会问她当年的那些信，女生说："我都写了回信给你，你看不到内容，是你没有用心去看！"

回去后，他翻箱倒柜找出那十三个信封，反复细看，终于，在第一个信封里面的一侧，写着一个"如"字，第二个信封里是一个"果"字。他颤抖着双手，一一拆开那些信封，最后，十三个字排在眼前："如果你看到了这句话就来看我！"

三

大学时一个女同学，毕业时烧掉了一大箱的信件，只留下了一封。我们都猜想那封信是谁写给她的，是怎样的内容，问她，她也不说。许多年以后，在网上的同学录中，她将那封信拍成照片贴了出来，很工整稚嫩的字迹，像小学生的笔体，只有短短两句："你在家时我唠叨着管你，你不在家时我又唠叨着想你！"

她在下面注明，信是她妈妈写的。她妈妈一个字也不认识，有一次看电视，听到了这两句话，便想写给女儿。她让儿子将这句话写在纸上，反复照着练了一个多月，写掉了无数个本子，才写给女儿。

四

依然大学时，一个女生，每周都能收到信，而且有时一收就是好几封。寄信的都是同一个地址，信封上的字迹全不相同。我们问她，她说是家里寄来的，是她的弟弟妹妹们写的。我们都想，她的弟弟妹妹一定很多，要不怎么会有这么多信写来？这种情况几乎一直持续到毕业，而她也是每信必复。整个大学期间，她收信和写信的数量当可为全校之冠。

毕业后许多年，我有时还会想起那个女生，想起她的那些信，想起她的弟弟妹妹们。有一天夜里，正上网，忽然又想起此事，虽相隔那么多的岁月，她信封上的地址我依然记得。便突发奇想，在百度上输入了那个地址，搜索出来的结果让我震惊不已。

那个地址是她家乡城市的一个孤儿院，原来她的家就是孤儿院，而她的弟弟妹妹们，便是那里的许多孤儿！

我妈有病

她曾经很讨厌自己的母亲，上中学时，那些整天的唠唠叨叨就不用说了，让她很是不能忍受的是，母亲很固执，有时固执得让人很生气很不理解。

有一次，读高二时，她患偏头疼，去了好多大医院，都没有明显效果。母亲不知从谁那里听说偏方可治大病，便开始四处找偏方，经常弄回一些奇怪的东西让她吃下。这让她极为不满，可是不管怎么反抗，母亲都强逼着她吃，也不怕把她吃出什么毛病来。好在后来病愈，也不知是不是那些偏方的功效，反正母亲就认定了此理。有时她会嘟囔：“真是有病！”母亲耳朵好使，就勃然大怒：“你才有病！你不有病我能天天给你找偏方？”

更为离奇的是，有一次她的手机丢了，也没对母亲说。可是母亲还是知道了，劈头盖脸地训了她一通。可没过几天，母亲竟拿回来一个手机给她，她摆弄半天，问：“你在哪儿买的？”母亲很得意地说：“你管在哪儿买的？喜欢吗？”她很是无奈地说：“我敢喜欢吗？这手机里面还带着卡，还有别人的通话记录，我拿去使，还不被当成小偷抓起来啊！”母亲一听吓坏了：“我在市场上，有人拿着手机问我买不买，我瞅着不错，还便宜，就买了！”她一时无语，心里想着，母亲真是病得不轻啊！

反正类似的事有许多，不过有个共同点，就是母亲做的那些事都与她有关。她有时会觉得很奇怪，母亲平时也是挺精明的一个人，咋一到自己女儿身上，就糊涂得要命？特别是有一回，疑神疑鬼的母亲不知动了哪根神经，就认定她与一个男老师谈恋爱。为此，母亲居然还去学校偷偷观察，她得知后，和母亲狠狠吵了一架。并更为认定，母亲有病！

后来上了大学，终于脱离了有病的母亲，她有一种重获自由的快乐。可是母亲的电话总是不分时候地打过来，不是问这个就是问那个，烦得她不行。那时她刚刚失恋，母亲不知从她的哪句话里听出了口风，便刨根问底，把她气得挂断电话便关了机。一连十多天没开机，耳边重又清静。

正是冬天，有一天下午，天上飘着大雪。她正上课，偶然向走廊里望去，就看到一个熟悉的身影，像极了母亲。她忙出了教室，果然是母亲！母亲头发上和身上都湿湿的，显然进了楼都没有拍打掉身上的雪花。她还挺感动，母亲一定是担心她失恋后的状况，才坐了一夜的火车赶来学校。把母亲带到宿舍，给她换了衣服，才问她怎么跑来学校了？母亲的回答让她哭笑不得："前些日子接到你用别人手机发的一个短信，你说钱和手机都丢了，让我给你汇钱。我开始琢磨着是骗人的，可总打你电话，竟真的打不通，觉得还是自己来一趟好！"她问："你不会真的往短信里说的账号汇钱了吧？"母亲笑着说："没有，我自己带来了，给你！"

看着母亲从贴身的口袋里掏出一沓钱，她的眼睛一下子就湿了。回想以往的种种，看看今天的母亲，虽然还是觉得母亲有病，可是，怎么心里一点都不讨厌了，却反而觉得很幸福？

很久之后的一天，她走在街上，听到旁边一个女孩大声地打电话，其中有一句："妈，你是不是有病啊？什么事都管！"那一瞬间，就想到了自己远方也同样有病的妈。忽然明白，天下的母亲都是有病的，对儿女的爱和担心，永远是母亲心头的病。

美好的蜕变

有时候，信心被打破，只是刹那间，或者只是一件事。他总是这样无奈地想，回头看着自己的骄傲越走越远。

1990年，他从乡下考进县一中，立时成了全镇的风光。要知道，在那个年代，在农村的教育状况下，能考进城里的重点高中，只能说明那个学生有着远超常人的智力或者努力。他就是带着这样的光环，自信满满地在乡亲们钦羡的目光中，走向了城市的校园。

命运却给了他一个下马威，入学便进行了一次摸底考试，他觉得答得很不错。在第二天宣读成绩的时候，他坐直了身体，等着激动的那一刻。可是，等来的却是猝不及防的打击。他的成绩，竟然是班级的下游！这个时候，他终于明白，在这所重点高中里，的确是汇集了全县各地的尖子，自己的优势已经不存在了。所以当时他虽然很失落难受，却并没有认输，也许智力方面大家不相上下，那么，他还有着另一方面的倚仗，那就是努力。他的努力，也是常人难及的，否则，就不可能从那穷乡僻壤脱颖而出。

经过了两个月的努力，终于迎来了期中考试。可是，在成绩公布后，他却颓然地发现，自己的努力似乎没有一点效果，他依然是班级的下游。一直以来，以为凭借智力和努力，他能在任何的学习环境中学得如鱼得水，可是，眼前的成绩却无情地粉碎了这一切。他依然没有完全绝望，直到期末考试，他才终于给自己下了定义，在这所校园里，自己就是属于最笨的那个阶层。寒假回到家，家人们，乡亲们，都很热切地问他学习的情况，他嘴里应付着，心里却烦闷得要命。

他依然每天在教室里学到很晚，并不是他不想放弃，只是他觉得已经成了一种习惯，不学习，都不知道做什么。而且让他难过的是，别的成绩差的同学，都是不怎么努力的，而他如此刻苦，怎么还是与他们为伍？看来，自己一向自负的智力，其实是靠不住的。

每天晚上九点钟，数学老师都会离开办公室，从他的教室经过，都会向屋里看一眼。一般这个时候，教室里只剩下他一个人。他们的目光会有刹那的相接，然后各无表情地转头。他数学学得最艰难，虽然下的苦功最多，却是各门课程里最差的。而且数学老师似乎很看不上他，这个三十多岁的男人，每次投射过来的目光都是冰冷的。有时候他会嘲笑自己，也许数学老师根本不认识自己，要想让他看不上自己也没有资格，他的眼中只有那些优秀的学生。

有一次，他偶然在宿舍里看到一本气功杂志，当时气功在社会上极为火热。杂志上有篇文章中说，练气功能最大地发掘人体潜力，并能改善大脑，极大地提升智力。仿佛黑暗中亮起了星光，他精神一振，把那篇文章反复看了好几遍，越看越觉得豁然开朗。他跑到街上的书摊，买了一本盗版的气功书，便照着书上所写的，开始练起来。他也怕别人知道笑话，所以都是夜深人静的时候，他盘坐在床上，像一个凝固的符号。可是一段时间下来，他并没有书上所描绘的那些应该出现的感觉，却反而因为睡眠不好而每日里精神不振，成绩更是大幅度下滑。他觉得自己的智力确实有问题，练气功都练不明白。

放弃了气功，他还是每天做着那些让他眼花缭乱的习题，每个夜里九点钟，也如常地接受一下数学老师冰冷目光的洗礼。他觉得自己正日复一日地走向一个深渊，而现在所做的只是努力向上爬，可爬的却没有滑落的快。那个下午，他去街上书摊闲逛，翻着那些五花八门的杂志，忽然，有一篇关于濒死体验的文章让他眼睛一亮。文章中的观点，有过濒死体验的人被抢救过来后，过一段时间，都会出现一些很奇妙的变化，甚至就像变了一个人一样，无论从智力还是其他方面。他把这本杂志买回来，仔细研读，并做了笔记，觉得很有科学性，也很值得一试。他觉得，这也许是他最后一根稻草了。

他终于决定试试。可是问题来了，用哪种方式呢？肯定不能用那些对身体造成创伤的，而且恢复快的，思来想去，他选择了上吊，只是还有一个最关键的问题，就是得在自己发生真正的危险之前，有人把他救下来！他一下子想到了数学老师，每天晚上九点钟准时走过教室窗前，而且会往里看一眼，便一阵兴奋，觉得所有问题都已迎刃而解。为了安全起见，他用了两周的时间来测定数学老师经过的时间，又仔细想好了自己上吊的时间，觉得二十秒内应该没有生命危险。一切就绪，他就要开始行动了。

那个晚上，他做题很心不在焉，眼看着同学们一个个离开了教室，他的心便跳得越来越快。终于，教室里只剩下他一个人。他到走廊里看看，每个教室都熄了灯，他又蹑手蹑脚来到数学老师办公室门前，灯还亮着，听了听，老师还在。他放了心，回到教室，数着每一秒的时间。教室后面贴近屋顶，横穿着一根很粗的铁管道，他把口袋里藏着的一根绳子拿出来，看了看表，快到九点了。他激动起来，觉得改变命运的时刻就要到了！

刚把绳子的一端穿过管道，还没等系绳结，教室门砰的一声被推开，他吓了一大跳，呆在了那里！数学老师叫他的名字，说：“来，帮老师一个忙！”直到老师又叫了他一声，他才恢复过来，走到老师跟前，老师拿着一个本子，上面有一道题。老师说：“这道题给出的解法，我觉得过于烦琐，你看看，用你们学生的思维方式，能不能有更好的方法？”

他一时有些受宠若惊，强行平复了心跳，拿着那道题仔细看了几遍，想了又想，忽然灵光一闪，便和老师探讨起来，写出了一种既简便又容易理解的解法。老师乐得直拍大腿，一个劲儿说：“我怎么没想到呢？还是你脑袋好使！”他发现，老师的目光其实并不冰冷，而且流淌着温暖。老师又说：“我天天看你学到最晚，就觉得你肯定能做出这道题来！好了，老师走了，你也回宿舍休息吧！”

快出门的时候，老师忽然看到了教室后面垂着的那根绳子，便走过去拿下来：“我正好明天要去买些东西，可以用它把东西捆在自行车上，我拿去用了，你别对别人说！”说着对他眨了下眼，做了一个保密的神情。

从那以后，数学老师经常在快要走之前，来教室里和他一起探讨一些题的思路和解法，他渐渐地觉得，数学其实很有意思，很有魅力。便开了窍，学得有滋有味。而且，别的科目也受影响，都慢慢地找到了感觉。而且随着在课堂上他的活跃，他和同学们的关系也融洽起来。在又一次的期中考试中，他竟然一跃进入班级前十名。这个巨大的进步，让太多的人震惊。而在欣喜之余，他不禁感叹，文章中说得太对了，有过濒死体验的人，果然有着脱胎换骨的变化！然而他忽然想到，那天晚上，自己的计划并没有实施啊！

他终于明白，这一切，都源于数学老师。也许老师并不知道他濒死体验的计划，却在向教室内一望的时候，看到他在挂绳子，以为他要自杀。于是，就有了那样的一个温暖情节。

多年以后，他依然会在心底感动着，生命的蜕变，其实并不需要什么气功，什么濒死体验，有时候，一个温暖的眼神，一句真诚的鼓励，就会催开生命中许多美好的花朵。

在手心里不如在心里

这两个人从小就是邻居，可以说是在一起长大的。林飞可是家里的宝贝，几代单传，这一根独苗全家呵护，不经风不着雨，生活在幸福的蜜罐里。可杜壮就没这待遇了，虽然他也是单传的独苗，可是家里似乎不怎么把他当回事。那些嘘寒问暖千叮万嘱和他无缘，他都是自己打理着自己。

于是，这两个孩子虽然有着相同的生活，情形却是迥异。林飞从小学到初中，都是家里接送，杜壮从幼儿园起，就是自己来去，他哭闹过，可父母根本不理他。慢慢地，他也习惯了。有时看见林家的叔叔阿姨接送林飞，他从心里羡慕。林飞的衣服永远是干净整洁，长得也是白白胖胖，杜壮却整日把衣服弄得脏兮兮的，天天换也是如此，他就像自己的名字一样，长得极壮实。他每天一写完作业就呼啸而出，找伙伴们疯玩儿去，可林飞写完作业还要弹琴练书法什么的，有时杜壮去找他一起玩儿，他也不敢出来。

高考时，林飞家里不放心他去远方上大学，便做主给他报了本市的一所高校。杜壮也不想离家太远，可是父母都告诉他，要志在千里，于是，他便考了南方的一所大学。至此，这两个孩子终于分开了，都有了各自的际遇，也偶尔会从彼此的家里知道一些对方的消息。

杜壮在遥远的南方，如鱼得水，从小养成的洒脱性格使他很快摆脱了乡愁的羁绊，投入到另一种陌生而火热的生活中。当别的同学还在黯然神伤想家的时候，他却已经结识了好几个和他相同的朋友。当别的同学还在为洗衣服等事发愁时，他却暗自发笑，这些生活上的事，他十多年前就已经轻车熟路了。他有时会想到家乡的林飞，他也一定和那些同学一样，事事发愁吧？忽然觉得，在他身边，有着太多像林飞那样的人了。

其实，林飞过得相当好，并不是像杜壮所想那样。因为离家近，他并没有住校，和上中学时差不多，依然是饭来张口，所不同的是，终于不用家里人接送了。他有时看到那些外地的同学，事事亲力亲为，会暗自庆幸，幸好听了父母的话，留在了家乡上学，要不，那些事烦都要烦死了。

后来大学毕业，林飞不出意料地在家里的安排下，留在了家乡参加工作，在一家国企坐办公室，工资高待遇好。他满足于自己的一帆风顺没有波折，能这样过一生真的很不错。同时，他也惦记着一直在外面漂泊的杜壮，这个儿时的伙伴，大学毕业后一直没有回来，在外面走马灯似的换着工作。一想到那种折腾，他都会禁不住打冷战。

林飞的父母家人看着在他们呵护下长大的儿子，看着儿子在眼前，心里很是满足幸福。他们有时去杜家串门，看着杜壮的父母孤单，便也会唏嘘一番，可是在杜壮父母的眼中，他们并没看出多少担忧，只是有着浓浓的爱。他们不解，如果是自己家的孩子在外受苦，他们绝对不会如此平静。心下便有了感叹，为人父母的，毕竟对孩子的心不全是一样。

可是好景不长，林飞所在的国企改制，被私企收购整改。由于长期的养尊处优，在考核中，他不出意外地下岗。经父母多方找关系，仍是不能改变。他心情低落到极点，这是他人生的第一次挫折，却是如此难以走过。他只好打起精神，去四处应聘，那些他曾经不屑过的，此刻都真实地经历在他身上。他没有经验，没有阅历，专业也早已生疏，所以步步荆棘，伤痕累累。

这个时候，远在南方的杜壮回来了，可谓事业有成衣锦还乡。他开了自己的公司，生意红火，事业蒸蒸日上。两家人终于又都聚全了，可是和以前却是有着那么多的不同。林家的人看着自己的孩子连工作都找不到，再看人家杜家的孩子，直叹命运的不公。林飞的父母虽然笑着，可是心里却很不是滋味，忽然，他们从杜壮父母的眼中，再次看到了浓浓的爱意，那是怎样的一种眼神啊，所有的挂念所有的疼爱都在其中，那一刻他们终于明白，人家的父母也是爱着自己的孩子，只是，没有那么直接地表现出来，而是一直装在心里，那是一种不为人知的疼，不为人知的爱。

回到家里后，林飞的父母立刻让林飞去外面的大都市找工作，忍着心里的不舍。因为他们知道，一直以来，他们把孩子捧在手心中，怕摔着碰着，却没能给孩子一双经风雨的翅膀。而杜壮的父母，却是任孩子在外面摔打，从小就是如此，他们不是不爱，只是把孩子放在心里，也是忍着疼痛，却是给孩子创造了一片自由飞翔的天空。

永远流淌在心底的清泉

那时，他十五岁，正在镇上读初中，住校。虽然学校里都是来自下面各村的学生，可是对比起来，他依然是最穷的。穿着带补丁的衣服，吃食堂里卖剩的饭，啃自己带的咸菜疙瘩。他也自卑，因为更让他无法忍受的是，自己的成绩一直在中游，虽然比别的同学都努力，却一直不见成效。而且他发现，老师们也根本不在意他，似乎连他的名字都叫不上。

每周末回家的时候，是他最快乐的时刻，因为又可以见到清泉了。清泉是他家养的一条花狗，是他从别人家抱来的，那时看这只小狗的眼睛很是清澈，联系到刚学过的课文，就给起了清泉这个名字。清泉是极聪明的，夏天的时候，它会不知从什么地方衔回一只香瓜或者玉米什么的，对于他来说，这无疑是天上掉馅饼。一夏天里，清泉弄回的东西，都被他和清泉分而食之。

可返回学校，他又要面对学习上的困扰。起初他是想通过学习成绩优异让别人看到他的另一面，后来就想着有一门功课能在班级最好就行，再后来他就想着不要落入班级的下游。有一天，刚公布了月考的成绩，他又一次失望，没有一门课程能名列前茅。不过他并没有因此放弃努力，他还是想着在不久后的期中考试里能考得好一点。

又一个周末，他像往常一样步行回村里，正是盛夏，十八里的土路，太阳高照。走出镇子，刚走上土路没多久，就见前面跑来一条狗，待近了，果然是清泉，在他面前热得直吐舌头。他惊喜万分，这是以前从未有过的事，清泉竟然知道来迎接自己了，而且是跑出这么远来迎接。在家的两天，他都是坐在院子里的清凉处看书，清泉就卧在身旁，他就对清泉说："如果下周期中考试我能考好，你就给我叼个西瓜回来！"清泉摇着尾巴，仿佛在向他保证着。

可是周一的大清早，他刚要去学校，却发现院子里没有了清泉的身影。终于在狗窝里找到了，清泉就躺在里面，早已没了气息。那一刻，他心里就像失去了一种依靠，痛哭失声。那一天，是他上学以来第一次迟到。当时是语文课，语文老师并没有批评他，只是拍了拍他的肩，让他回到座位上。

终于期中考试了，第一门是语文，他虽然答着题，脑海里却总浮现清泉的样子，总想起前几天它跑了那么远的路来迎接自己时的身影。作文是记一件难忘的事，题目自拟。他毫不犹豫地写了清泉，写它以往的种种，题目就叫《永远流淌在心的清泉》。此刻，他才明白，在这许多黯淡的日子里，那条花狗，真的如清泉一般，浸润着他少年心中的所有苦恼，濯洗着那些轻尘，才能让他一次又一次地有勇气，不放弃努力。

也许是清泉在天之灵保佑，他这次的考试成绩非常好，语文是年级最高分，特别是作文竟得了满分！喜悦并没有冲淡心中对清泉的思念，当同学们要求老师念念他的作文，老师并没有读，只是让大家自己去看，老师不想他再一次经受文中的那种感伤。后来，他才知道，其实语文老师是一直默默关注着他的，把他的努力与挣扎都看在眼里，却没有给他任何特殊的照顾和建议，老师想让他自己成长。

回到家里，再也不能看到清泉欢快的身影了。可他的心里，难过的情绪已经淡了许多，并融入了一种感动，他知道，除了自己的清泉，还有更多的人默默地给他关心，就像山间的泉水，无声之中浸润万物。他会带着这种温暖继续去努力，不辜负生命中每一股给他力量的清泉。

在母亲面前都是孩子

已是晚春，外面还飘着雪。与邻家大婶闲聊，忽然她接了个电话，神情间很是兴奋。我听出，那是她母亲打给她的。她脸上带着笑，孩子般，不停地点着头。放下电话，她说：“是我妈，今年八十二了，人老了爱唠叨，这两天都是第三次给我打电话了，说天冷，让多穿衣服！”

忽然明白，刚才那一刻，她表现出来的，就是一个孩子的神情。正聊着她的母亲，电话又响起，大婶看了一眼，说：“是我女儿！”她女儿去年刚刚结婚，远在京城，是个比较出名的女强人，自己创办的公司蒸蒸日上。我曾见过她，一副精明干练的样子，眼神中的坚定不让须眉。她孤身闯荡京城，历尽艰辛，才走出自己的一片天地。

电话那边说话的声音很大，我能清晰听见。让我惊奇的是，她女儿的腔调中有着小女孩的撒娇，说着内心一些隐藏的痛与伤，后来竟有些哭泣。这与我印象中的女强人判若两人，也许，只有在母亲面前，才能卸去心上的重重铠甲，让情感真挚如童年。

小区内有一个专捡垃圾吃的智障之人，四十多岁的样子，满脸胡须，每天奔走于各个垃圾箱之间。而且别人不敢惹他，常看他追打一些嘲笑他的人。初搬来这里时，我以为他是一个流浪人。直到有一天，我正隔窗看着他在翻动一个垃圾箱，这时，走来一个白发苍苍的老大娘，喊：“孩子，跟妈回家吃饭去！”正在垃圾中找东西吃的他停顿了一下，竟乖顺地走到母亲身边，母亲拉起他的手，轻抚着他的背，说：“乖，回去吧！”看着他们的背影，我一时神飞。

有一年秋天，我去山里的姨奶家，姨奶已经八十多岁了，她的女儿我叫大姑的，也已五十多岁了，见我来，便和老姑去山里采蘑菇。这里的山岭相连，她们去了一上午也没回来，我们有些着急。这时，大姑的儿子电话响了，只听大姑在电话中说：“让你奶奶接电话！”大哥把电话给姨奶，大姑的声音很大：“妈，我和妹妹迷路了，走不出去，刚找个有信号的地方给你打电话。妈，我们怎么办呀？”

旁边的大哥一听，立刻带人上山去了。姨奶笑着说：“这孩子，有事不和她儿子说，偏和我这老太太说！”语气中却有着一种安慰和担忧，这两种情绪结合在一起，让我有一种震动。我那大姑，不管年龄有多大，有母亲在，在这种情况下，第一个想到的就是母亲。

几年前，曾看过一本叫《给母亲的短柬》的书，里面收集了许多孩子写给母亲短短的信，颇是让人动容。其中有一封中说：“妈，转眼间我已古稀之年了，请千万仍然活着。我渴望找到你，扑进你的怀里。”“妈，我儿女成群了，可是每当我软弱时，夜里想哭，我会梦见你，温柔地拍着我的背。”其中那份孩子对母亲的真情与依赖，让人难以卒读。

是的是的，在这个世界上，无论年龄大小，无论高低尊卑，无论天才弱智，在母亲面前，每个人都是最纯真的孩子。母亲的怀抱，永远是人们最温柔最美丽的依靠！

母亲的扑满

那个扑满是真正意义上的扑满，是母亲用黏土在灶火中烧制而成的，而母亲也并不知道它叫扑满，只是叫它存钱罐。小时候母亲总是用黏土在灶火里给我们烧制一些小动物，带孔，而且能吹出声响来。可是扑满却做得没有什么工艺性，只是一个中空肚圆的东西，上面有一条塞硬币的缝隙。

扑满就摆在家里的木柜上，有两只碗合在一起那么大。那个年代，家里并不是很富裕，不过扑满里还是装着许多一分、二分和五分的硬币。我们有时也会把硬币塞进去，听着那清脆的撞击声，心里就会很高兴。母亲从没和我们说过那些钱要做什么，可我们都是乐此不疲地往里塞硬币，时常拿起扑满摇晃几下。当扑满肚里装满，母亲就会再烧制一个，而满了的，却不知被她藏到何处。

第一次看见母亲摔扑满，是在刚上小学的时候。那时大姐也刚升入初中，正是开学的时候，二姐和哥哥也都在上学，学费加起来也不少。母亲从柜里掏出一个扑满，在我们惊奇的目光中，摔在地上，扑满破碎，那些硬币就欢快着飞散出来。我们都蹲在地上，捡拾那些硬币，一边捡一边数。最后还差了些，母亲就又摔了一个，等够我们的学费书本费什么的之后，把剩下的都塞进柜子上的扑满里。那几年里，不知摔了多少个扑满，我们就是靠着扑满里那些硬币，才能一直把书念下去。

有一年，城里的姨妈带表哥来我家串门，表哥看了我们的扑满之后竟是非常喜欢，非要一个，母亲当天就给他烧制了一个，他爱不释手，看得我们直乐。不久后，表哥给我们寄来一个崭新的储钱罐，瓷的，一头小肥猪，上面有塞硬币的孔，下面还有往外拿钱的小门。虽然喜欢，可我们还是没有往它里面塞钱，只是把它摆在那里饿着肚子，而它旁边的扑满则饱饱的。母亲也说，这东西不适合存钱，因为随时可以把钱拿出来，还是只存不能取才好。

那些扑满都是经母亲的手打破的，只有一次是在没装满钱的情况下摔碎。那时我已快小学毕业，哥哥也才中考完，考得不理想，只考上了镇里的高中。他不想再继续读书，就提出要回家帮爸妈种地。妈妈第一次发怒，她把柜上的扑满猛地划拉到地上，一声巨响，半罐硬币随着碎片四溅。母亲说："你们都不上学才好，我就不用辛苦往这里面放钱了！"哥哥垂头不语，后来他伏下身，把那些硬币一枚枚地捡起来，然后对母亲说："妈，你再做一个存钱罐吧！"

哥哥终是没有辍学，我们几个都一直在上学，而家里的农活，妈妈也极少让我们插手。我们发现，后来的一些年中，那些扑满摔碎后，除了一些硬币，还有一些纸钞，从一角到五元的都有。因为我们都上了中学后，用钱更多，单是那些硬币已经不够，母亲就尽量把更多的钱存进去。等我上高中的时候，家里经济条件好转，母亲也再没烧制过扑满，不知她所藏的扑满还有没有，只是在柜子上，依然摆着一只，我曾经拿起摇晃过，里面没有硬币碰撞的声音，是个空的。也许，母亲是为了留作纪念吧。

再后来，我大学毕业，在外地工作，哥哥姐姐们也都早已成家。有一年回家过年，大家提起往事，竟都很想念曾经的那些扑满。然后，我们拿起柜上依然摆放的那只扑满，里面还是空空的。母亲在一旁笑着听我们说话，姐姐家的外甥女玩着那只扑满，很是惊喜的样子。忽然，外甥女一失手，扑满掉在地上，很清脆的一声响。我们全呆住了，姐姐就要打孩子，母亲忙拉住，说："什么好东西？赶明儿再烧一个就行了！"

外甥女忽然说："看，里面有东西！"我们全向地上看去，扑满的碎片散落，却是有许多折成很窄的纸条。捡起，展开一看，我们再一次全愣住，那竟是我们几个从小学到高中时的成绩单！母亲把那些纸条接过来，收好，第二天，果然母亲冒着严寒出去挖回冻的黏土，化开后，重又做了一个放在灶火里烧。做成后，把那些成绩单又塞了进去。

如今，我的书柜里也摆着一只扑满，那是我和哥哥姐姐们让母亲为我们烧制的，只是，我却不知道该往里面存入什么。虽然它一直空着，可是我知道，它里面装满对母亲的思念，一如母亲当年的那些扑满般，装满了对我们的爱。

总有一种疼痛绽放眷恋

我记得读初中时，有一段时间市里师范校即将毕业的学生来我校实习，而带我们班语文课的是一个大姐姐。我们喜欢听她讲课，有一次她就问我们一个很奇怪的问题：你喜欢疼痛吗，会不会有一种疼痛能让你留恋？

我们都笑，觉得这个问题无须回答，可是她就一直用带着希望的目光看着我们，终于，一个女生站起来小声说："老师，我觉得有一种疼痛能让我留恋，而且我也喜欢！"

我们都安静下来，看着那个女生，她说："我喜欢笑到肚子疼！"大家又大笑，不过笑过之余，竟是深觉有理，并因此受到了启发，开始回想一些疼痛的时刻。这个时候，那个大姐姐又给我们讲了一个书上看来的小故事。故事说，一个小男孩玩耍时摔断了左胳膊，快要长好的时候便痒痒地痛。有人问他感觉怎么样？他竟然很开心地说："以前一直分不清左右，现在好了，疼的这边就是左！"

当多年以后，回想起课堂上的这一幕，正是在我的一只脚被车轮碾压后的疼痛之中。并不是我的这次疼痛让我有什么所得，而是因为疼痛而想起那个大姐姐当年说过的一句话，她说："并不一定所有的疼痛都是痛苦！"现在想来，有些疼痛真的只是纯粹的疼痛而已，还不足以从生理上过渡到心理上，只徘徊在肉体上，还无法侵入精神。而往往此种疼痛也最易消散，不会长久停留。

不过，真的总有一种疼痛，会让我们眷眷地留恋。

一个朋友给我们讲过她母亲的事。当时她刚刚结婚不久，虽然与父母同在一个城市，却分属东西，相隔很远，每周能回去看望父母一次。母亲并不经常给她打电话，可是每次打电话都会叮嘱她明天变天要多加衣服，而且每次母亲说得都很准，比天气预报还准。飞雨飘雪的日子，在母亲的预测中，让她感受到了温暖。有一次回家，她就很奇怪地问母亲："为什么您总能提前知道天气的变化呢？有时候天气预报不准，您说的却那么准？"母亲笑而不语，倒是父亲一语道破天机："你妈妈的胳膊曾经摔断过，一要变天的时候，她的胳膊就酸疼，然后她就想起你！"

朋友说，那一刻她才知道，母亲的疼痛竟是她幸福的来源。她也因此更理解了一句话：离疼痛最近的地方，离爱也最近。

我有一个高中同学，女生，学习很好，可是一进考场一面对试卷就头晕，眼花，呕吐，严重时竟会昏迷。不管大考还是小考都是如此，不管去医院还是找心理医生，都没有效果，这让她和老师、家人很是着急。可是进入高三以后，这种情况竟是大为缓解，最后她可以在考试中发挥出色，成绩进入年级前列，于是所有担心着的人都长出了一口气。

除了她同桌的我，没有人知道她的秘密。开始的时候，每次月考小考什么的，她都会在紧皱眉头之后，便缓解开来。后来我发现她紧握着的左手有血淌出来，原来她考试时左手心里攥着一枚图钉！她说一感觉要晕眩时，就握紧左手，钉尖刺破手心，感觉便一下子清醒了。就这样，不知经历过多少次这种针刺般的疼痛，她在考试时终于不再晕了。而她的掌心，也留下了许多细小的疤痕。

我想多年以后，她回想起曾经的疼痛，心里也会有着一种特别的感受。因为疼痛使她远离了晕眩，也远离了黯淡忧愁的心境。

是的，总有一种疼痛，会让我们念念不忘。生命中那么多的疼，总会有一种能疼醒我们记忆中的幸福和流连。不怕疼痛，便不再怕痛苦，甚至都会在疼痛和痛苦中生长出一种不期然的美好来。

不管怎样，你至少要能像我当年的初中女同学一样，能喜欢上一种疼，那就是笑到肚子疼！

你欠我一个结尾

“我和你说啊，这个故事你绝对没听过，而且肯定猜不到结尾！”

他和她走在乡间的小路上，他故作神秘地吊着她的胃口。他喜欢讲故事，她喜欢听故事，所以在下乡扶贫的这段日子，故事就是流淌在他们之间的一条河，是河上一座美丽的小桥。虽然他们各自都知道，他们之间并不会有故事，或者说，是不会有结局的故事。

他的故事多是很奇妙的，讲到最后，都要让她猜一下结尾。当她猜了许多次都没有猜对的时候，当她有些恼羞成怒，他才慢悠悠地道出来，惹得她惊讶、兴奋、回味，然后，逼着他再讲别的好故事。而他也是乐此不疲，于是平淡的日子就在故事的洇染下慢慢地流逝。

在她急得有些要发怒时，他才开始讲。一对恋人来到很远的一座野山上，只为了领略那种最原始的风景。当他们在山林里徜徉时，忽然听到前方的林中有很大的声音，伴随着树木被撞击被碰断的声响。

她插话：“肯定来了什么凶猛的野兽！是老虎？还是熊？或者野猪？”

他却并不说是什么动物，只是一个劲儿地营造着紧张气氛。那对年轻的恋人充满了恐惧，紧张地注视着前方。终于，一个庞然大物蹿出来，站在离他们不远处。

他们有着短暂的头脑空白，男人先反应过来，他由于极度害怕，大叫了一声，便撒腿就跑。却是紧张之下慌不择路，斜着迎向那个大家伙，然后在离那东西几米远的地方飞快地跑过去，竟是看都不看女人一眼。而女人，此刻还在呆滞的状态中没回过神。

她再次愤怒地插话：“这个男人真是该死！窝囊废！胆小鬼！丢下女人自己跑了！要是我是那个女人，肯定恨死他！对了，那个女人怎么样了？有没有事？”

他继续讲。当男人回到原来的地方时，发现那大家伙和女人都不见了。他仔细寻找，终于在身后的陡坡下发现了女人，女人倒是没有被动物伤到，只是摔断了胳膊和肋骨。可能是动物扑过来时，女人慌忙后退，失足掉了下去，却也因此躲过了动物的追杀，算是不幸中的万幸！当女人在医院中清醒过来后，看到男人在身边，眼泪立刻就下来了。

讲到这里，他便住了嘴。她怔怔地问：“不会这就结尾了吧？不像你的风格啊？刚才还说有着我猜不到的结尾呢！你总是这样，总是把结尾放在明天讲，真是讨厌死了！”

他笑着说：“这样你才能印象深刻啊！而且给你一晚上的时间去猜，万一猜出来呢？”

她笑骂：“死样子！谁在意你的破故事！”

回到住的那个农房，他们各占据了一间小屋，主人睡在里间的一铺大炕上。睡着之前，她还在想着之前的那个故事，想着将会是怎样的一个结尾。就这样不知不觉睡着了，睡梦里自己仿佛变成了那个女人，独自面对着生命的威胁。

忽然就觉得很热，便醒了，看到周围红彤彤一片，浓烟滚滚。失火了！于是梦里的惊慌变成了现实，正在手足无措之际，她看到他冲了进来，拉起她就往外跑。她周身被炙烤得疼痛，冲到门前时，忽然觉得她被猛地拉到前面，背后传来巨大的推力，她便到了门外，下意识地继续往前跑。而身后却传来什么东西坍塌的声音。

她安然无恙。他出了院后，就从她的生命里消失了。她四处找寻他，在他可能去的每一个城市。回想他们在一起的日子，就像一个没有结尾的故事，或者说，已经就这样结尾了。两年之后，她终于在一个遥远的地方找到了他。她几乎认不出他来了，当初也颇为英俊的小伙子，由于一场火灾的洗礼，已经面目全非，不，是面目狰狞！

可是她并不怕，在她的眼中心底，他依然是过去的样子。她大声质问："你很不负责任地跑了！你还欠我一个结尾！你想让我想多久猜多久？"

他很平静地笑，说："我是骗你的，其实结尾很简单，女人在医院里醒过来，看到男人，就气哭了，然后，他们就分手了！"

她盯着他的眼睛看，直到把他看得有些发毛的时候，才说："你骗谁呢？这么长时间，是傻子也能想明白结尾是怎么回事了！肯定那个男人当初并不是自己逃跑，他那么做，是为了吸引那个动物去追他，那样，女人就安全了。要不他为啥大喊一声，还迎向动物跑？只是很可惜，那个动物没理他！"

他很惊讶地看着她，说："我发现两年没见，你变聪明了嘛！"

她笑骂："你的意思是我当初很笨呗！敢嘲笑我，罚你每天给我讲一个故事，要是让我猜到结尾，就要你好看！"

他们都笑，渐渐地笑出了眼泪。有些故事，虽然结尾了，却并不一定是真正的结局。

因为他是个孩子

他从家门走出来，便感觉身上聚集了一些若有若无的目光。那些目光没有一束是温暖的，不过他并不在意，这几年，他早已练得铜皮铁骨。走出小区的时候，他远远地看见有几个邻居在那儿嘀咕，不用听就知道他们在说些什么。

“真是可惜了这么个人，整天游手好闲，在里面待了一年也没有出息！”

“是啊，他妈可真是白操了心，一辈子守寡不容易，那么好的人怎么有这样的儿子？”

“也是他妈太惯着他，都快三十了，还当成孩子！”

“惯子如杀子，我看以后有她罪受的。多不容易，马上六十岁的人，还得在街上摆小摊，养活这么大的儿子！”

他把这些闲言碎语都踩在脚下，大踏步走向街里。母亲确实还把他当成小孩子，他知道，即使母亲打骂他，他只会更反感，也不会改变现在的生活方式。他在心里轻蔑地想，说我无所事事，来钱的路子比你们多着呢！说我没有目标，目标还不是现成的？这不，前面就到了。

在这个很大的超市里，他随着人群慢慢地走动，在各个商品区游荡，乐此不疲。等身边的人换了一批又一批，他才随意选一个很小很便宜的东西，来到收费口排队。轮到他的时候，他把东西递过去，收费的是一个熟悉的阿姨，母亲的好朋友。他总是赶在这个阿姨有班的时候，来超市里逛，每次结完账，阿姨都会笑着对他说："早点回去，别让你妈惦记！"

母亲接到电话时，正在一条街角的小摊上忙着，小摊上摆卖着各种小商品。她让旁边的人帮着看会儿摊儿，便急匆匆地走了。到了离超市不远处，儿子正等在那里。见了面，二话不说，他像变戏法般，不知从哪里拿出一堆东西，什么剃须刀、皮夹、小玩具，甚至各种化妆品，统统塞进母亲拿着的一个方便袋里。母亲给了他一百块钱，他便扬长而去，什么时候一百块花完，才会回家。

母亲看着儿子的背影消失在街道拐角处，才轻轻叹口气，转身离开。

他觉得自己很聪明。他只在这个大超市里行动，而且绝不对个人下手，而且也不挑太过于贵重的东西，细水长流。没人知道他是怎么躲过那些密密麻麻的监控，怎么瞒住周围的人群，怎么避开出口处的防盗报警。而且，他只在那个阿姨上班的时候来，一是熟人不防备，二是万一出现失手的情况，也可以有些希望。他也曾想过好好找个事做，踏踏实实挣些钱，让母亲过上邻居们那种悠闲的生活。他也努力去做过，可是一年的牢狱生涯，像一面镜子，总是在别人面前照出过去的自己。几度碰壁之后，他索性便不再去想了。

在快到小摊儿的时候，母亲在无人处，把方便袋里的东西一样一样地拿出来，撕去超市的价格标签。然后回到自己的摊位前，旁边帮着她看摊儿的人很羡慕地说："儿子又给进货了？你真养了个好儿子！"母亲便笑："他就是顺便帮我上些小东西，他一天也挺忙的！他还是个孩子呢！"

这一天，母亲再接到电话的时候，却不是儿子，而是她在超市收银的那个好朋友。她就觉得不好，急急忙忙地赶了去。在超市见到朋友，朋友说，儿子刚要出超市门的时候，就被警察抓走了。母亲的眼泪一下子就出来了，很是凄惶无助。

他被带进派出所，被翻出了在超市里盗取的那些小东西。在问讯之下，他对盗窃行为供认不讳，而且把多次在超市偷东西的事都交代了出来。不但有过前科，还是惯犯，警察们便严肃起来。后来，一个警察接了个电话，之后，便把他带走拘留了。

十天之后，他走出拘留所的时候，心里很是疑惑，很想回身问问，这么严重的情节，只拘留十天就完事了？那个阿姨在外面等着他，告诉他，每次母亲拿到他偷来的东西，都会回到超市，在她那里把账结了，再到小摊上去卖。所以，他犯的事，其实只是这一回而已。阿姨说："我和你妈说过，为啥要这么惯着你的恶劣行为，你妈总说，你还是个孩子！你这孩子，让你妈省点儿心吧！"

他默然良久，感觉心里一直有什么东西在涌动。他向母亲摆摊儿的地方走去，远远地看见，大朵大朵的阳光簇拥着母亲，母亲那么多的白发，在阳光下刺痛了他的眼睛。他停下脚，看着母亲，轻轻地说，对母亲，也对自己：

"妈，你的孩子要长大了！"

枕　上

如果枕头有灵，它一定是最知你的。它知道你孤枕时的独眠噩梦，知道你共枕时的甜蜜幸福，知道你失眠时的愁绪茫茫，知道你寒夜里的辗转反侧。它收藏着你悠长的叹息，收藏着你悄悄的泪水，它默默无语，在每一个你不曾在意的时刻，记取着你的一切。

“枕上片时春梦中，行尽江南数千里。”有多少思念随月光挥洒的夜晚，一枕清思，所思在远道，于是魂梦千里，追逐着那个飘摇的身影。或者“堆来枕上愁何状，江海翻波浪”，纷繁万事都到心头，于是卧后清宵都成为沉重的困囿。在那样的夜里，枕头记取着你的思念与惆怅。

枕头也是梦的故乡，或者梦的入口，当南柯梦醒黄粱梦散，又有几人悟得“世事一场大梦，人生几度秋凉”？只是悟了又能怎样？在这烟火尘世里，有着起伏的生活，才会是一种精彩。随顺一生或者潦倒终老的人，没有回味也没有流连，他们的枕头，也会日复一日沉重得像无眠的夜。

欢欣的时候也很多。读《红楼梦》，每到“憨湘云醉眠芍药裀”的情节，便觉得美极。她醉了酒，卧在石磴子上，落花满身，蜂蝶围绕，很动人的场景。而且她用鲛帕包了一包芍药花瓣当枕头，枕着这样的枕头，定然是香梦沉酣了。于是想起儿童少年时，夏天里，在野地里跑累了，困了，便随意一躺，枕着大地，枕着青草，枕着芬芳，盖着清风，盖着阳光，盖着蓝天，悠然而眠。做过的梦早已忘记，可醒来后的那份怡然却久久不散。

那时家在乡下，枕头都是自制的，极为寻常。最开始的时候，每到秋天，我们便去野地里，采摘一种叫杨铁叶子的植物的籽儿，红褐色，采回许多，用来填充枕头。于是很多的梦里，都是大地草原和阳光。后来，便用稻壳或者荞麦皮填充枕头，梦里便多了秋天的清香和丰收的气息。

多年以后，在他乡回望，曾经最朴素的枕头，也生长着我最美好的眷恋。那些枕过的枕头，还不曾沾染世事的沧桑，不曾浸透失落的迷茫，也不曾装满沉沉的思念，它们拥有着我最无忧的夜，最纯净的梦，和最天真的幻想。

有一个女孩，远离家乡在外地上学，自己带了一个枕头。她喜欢那个枕头，她说枕着它可以安眠如在家。原来，她的枕头里藏着母亲的一缕头发，每夜每夜，她能感觉到那份柔软，就像在母亲的怀里，就像在母亲的牵挂里。她说那是最美的枕头，我想，其实爱才是最美的枕头，可以温暖许多异乡的梦境。

我觉得以书为枕，也是动人的事。枕一卷书香，与太多太多的情节相遇。少年时家搬进了县城，在晴好温暖的日子里，我总是拿上一本厚厚的书，去萧红故居。在后花园的树荫下，伴着阳光和长风，静静地看，墙外的红尘喧扰，便远如隔世。有时倦了，便躺在那儿，书垫在头下，看着枝叶间摇曳着的丝丝点点的蓝天，呼兰河已改道，听不见萧红小时候常听见的涛声，却在梦里仿佛追溯了很遥远的岁月。我多喜欢那样的梦啊，书香洇染，花草流年在身畔静静地流淌。

那些于枕上发生的，生长的，那些在枕畔流逝的，怀念的，无论悲欢，或是聚散，都曾是我们寄情的种种。不必无忧，亦不必忘形，只要我们记得，就像枕头记得我们的一切，那么，岁月总会于沧桑中，为我们献上一份不期然的感动。

冰凌花开雪亦香

来小兴安岭之前，冰凌花对于我来说，就是一个美丽的传说。我甚至不相信世间会有这样的一种花，在春天的冰雪里，悠然绽放。

刚来的几年，依然没有在意，常听人说起，可是离得近了，反而淡了曾经的好奇。这里的春天极为短暂，总是在与冬的纠缠中，便忽然到了夏天。三月，依然经常下雪，而中午的时候，雪便在阳光下渐渐燃烧，于是冬天就这样慢慢消瘦下去。对于冰凌花热情的重燃，缘于一个朋友的摄影，那一朵小小的金黄，就像一朵凝固的阳光，落在冰雪之上。

于是就在一个天气晴好的上午，我踏上寻芳之路。在山下却是迷茫了，很有一种云深不知处的感觉。山脚散落着许多平房院落，路旁的阳光茂盛处，一个六十岁左右的大婶，正在墙根下享受那份温暖。便上前询问，一听是来看冰凌花的，她的眼睛里立刻亮起了色彩："不远，有不少，我带你去！"

她把小板凳往院子里的一扔，腿脚麻利地走在前面。真的并不远，而且山坡缓缓，沿一条平整的路走了没多久，我们便拐下了路面。那里是一个小小的洼地，稀疏的几棵树依然用冬天的姿态支撑着阳光，衰草和残雪静静铺陈。脚下已经颇为柔软，在大婶的指引下，我终于见到了。那一刻的心情，并不是震撼，也不是感动，似乎是一种重逢的心情，又像是乡愁弥漫，很奇特复杂的感受。

花朵比想象中的更小一些，或零星一朵，或两三朵攒簇，蕊瓣皆金。有的花朵，周围的雪已经融尽，而有的，却依然在冰雪的包围中。可是我知道，它们定然是从冰雪里冲破出来的，哪怕过几日再无雪的踪迹，它们，依然凌驾于寒冷之上。我不知道它们沉睡了多久，醒来依然是寒冷孤寂，可是暖生于寒，它们轻轻地摇着一份希望。

冰凌花一点也不张扬，不俯下身来，很难在荒草的遮掩中看到它们。便想，如果它们漫山遍野地开，就像是两个月后的兴安杜鹃一般，大地该是布满了阳光了。然后便笑自己的痴心，如果真的那样，它们，就不是这么珍贵了。

回来的路上，大婶给我讲着，这个地方是别人没有发现的，她从小就生活在山脚下，年年都来看。她几乎没有出过山岭，几十年的时光经历，简单得一眼便可看到岁月的尽头。从她暖暖的语音里，我听得出那一份清澈的热爱。我便想象，一个山里的小女孩，怎样在一年一年冰凌花的开谢里，渐渐地步入了人生的暮年。而冰凌花依然年轻着，如约拥抱着正在离开的半年的冬天。

后来我在网上查到，冰凌花是金盏花的一种，可是当它开在冰天雪地里，就有了一种高贵。或者说，它从没想过高贵与否，更不知道什么是坚强，它在这里，它就是这样开放。有人欣赏也好，无人问津也罢，就像一个人独自的笑，不为别人，只为自己。虽然冰封雪盖，但一样有阳光长风，一点点的暖，便唤醒所有的希望和力量。

以后的每一年，我都会去那里看冰凌花，同着那个微笑的大婶。她告诉我，就是起初的几天，来山上找冰凌花的人多。过几天冰尽雪消，也就没有人在意了。想来我也是满心惭愧，我欣赏的，也不过是在冰雪中的那朵微笑，而冰雪过后，它的憔悴，它的凋落，却从没想过。有多少所谓的热爱都是如此，热过了，爱也就散了。

不知从哪一年起，冰凌花开的时候，去山上的人突增。他们不是去欣赏，而是去采摘，然后在市上出售。不知大家从哪里知道的，据说冰凌花泡水喝可治疗心脏病，于是一时之间，美便被扼杀了。

幸好，大姊的那一小块地方，还没有被发现。那几株冰凌花能够得以始终，是它们的幸运，也是我的幸运。我愿意看到它们，在每一年冬季的边缘，就像我在寒冷黯淡的际遇里，总能看到点点星星的爱与暖，然后，在很长很长的努力后，绽放。

第2辑

收集心情的碎片

就像檐下燕子梦中的呢喃，就像满天飞舞的柳絮，就像长风在水面的足痕，每一份刹那的心情，都融入着一种情感或者明悟。流年匆匆里，多少无形的陪伴，却拥有着温暖的力量。

三支筷子

多年前的某个地方，某个朋友，他住在城市的边缘，一个人。有时候闲极无聊，或者晴好的日子，我便会去造访他，只是深一句浅一句地说着些漫无边际的话。他很孤僻，年近中年也没有几个朋友，每日里独来独往，幸好他还不讨厌我，便能常常在他的院子里看些花开花落。

他更不喜热闹，所以从不留人在家里吃饭，烟酒也一律不喜，只爱茶。所以每每和他坐在院子里喝几壶茶，闲话一回，便会告辞。也是偶然的一次，我去他家厨房拿开水，一瞥间见墙上的筷筒里只插着三支筷子。便好奇了一下，如果是多些，或者干脆只有一双，都说得过去，莫非还要留出一支备用的?

于是在院子里我就问他，他竟是愣了一下，然后笑说："你没注意到多出的一支是红色的吧？我每天早晨饭前拿筷子时，都是闭着眼睛摸出两支，如果拿到那本来的一双，那么今天就按部就班，该干什么就干什么；要是拿到那支红色的，今天就得做一件或者继续做一件自己喜欢的事，比如写写书法练练画画什么的！"

我也笑，他这三支筷子就像占卜般，随机指定着他一天的生活内容。就像他所说的，那一支红色的筷子，代表着更多更丰富的内容，而那一双，却都是一成不变的种种。那一瞬间我竟是想了许多，也许新奇的生活时间久了也会成为麻木的常态，所以既要不沉闷，还要让原有的生活继续，就应该像他这三支筷子每天的组合般，看似夹杂着，实际可能更如水乳交融般。这样的生活，可能才是长久不厌的状态吧？

当我说了这些想法，他就大笑："你们这些写字的作家就是想得多，我可没那么多想法，只是给自己一个提示而已，哪会想到生活的意义上去？要是什么小事都引发到这样的高度深度，人就累死了！"

我也笑，笑自己。也许真的很多时候是在庸人自扰，哪怕是为了寻找积极的因素，这样的一个状态就已经失去了自然，久之更可能失去自我。生活就是在平凡中，没有云里雾里的理论。

夏天过去了，秋天过去了一半的时候，我又听到他说起三支筷子。当时也是一边喝茶一边闲话，自从那次之后，我便很少和他说起关于人生命运什么的理论，就和他一起在秋阳下持一盏香茗，说一番闲淡，觉得心里大静然也大怡然。也许他觉得上次的话可能让我受了什么影响，便继续给我讲三支筷子。

他说："其实，最早的时候，那三支筷子在我眼里在我心中，代表的却是缺失！"

他并没有讲太过繁杂的经历，只是说以前，他和女儿相依为命，那双红色的筷子，就是女儿用的。后来女儿走了，再不回来。那双红色筷子便寂寞下来，一种缺失和缺憾。后来不知什么时候，又遗失了一支，便成了缺失中的缺失，就像他的生活一般。

我静静地听着，他说："过了一段时间，我每天早晨看到这三支筷子，都在要告诉自己，它们代表的是缺失的生活，我一定要尽力把生活补回来，从今天开始，从每一天开始！"

在这一刻，我才是真正的感动甚至震动，依然不用大道理，依然不用高深，朴素平凡之间，绽放的却是真正的情怀。或者，每个人的生命中都有着三支筷子吧，我们用一生的时间去填补，于补充中丰富着生活丰盈着生命，淡淡然走向自己的境界。

人会爬树吗

强行将十岁的侄子从电脑旁拉起，让他陪我去郊外游玩。已经是五一长假第三天了，他就一直在玩着游戏，我看着都累得慌。他极不情愿地和我走在春光明媚的大地上，似乎那么温暖的阳光也驱不散他脸上的沮丧。

忽见前面一片青翠的树林，新嫩的叶子在微风里轻轻摇曳。我们漫步其中，碗口粗的树排列整齐，像列队欢迎春天。就想起自己小时候，在村外的林里，和一群伙伴比赛爬树。大家都是爬惯了树的，于是各奔向一棵，一声令下，同时向上攀爬。极喜欢爬到高处时远望的情景，现在回想，那种感觉就像是在遥遥地看着自己梦想中的未来。那时就乐此不疲地不停地爬，爬过细的爬粗的，手上磨得都是硬茧。

于是我便对侄子说：“来，你爬个树给叔叔看看！”可是小家伙却是极疑惑地看着我，问：“叔叔，人会爬树吗？”我哭笑不得，反问：“那你说都什么会爬树？”他顿时来了精神：“猴子会，猫会，豹子会，松鼠可能也会吧，反正有许多！”于是我告诉他，人也是会爬树的，叔叔小时候就经常爬树玩儿。并给他讲了许多爬树的乐趣，可这家伙显然不太相信，说：“那叔叔爬一个我看看！”

我一听，看来只言传不行，还得身教，于是来到一棵树前，忽然想起，似乎快有二十多年没爬过了吧？看着自己渐胖的身体，心里就有些发虚，不过箭在弦上，只好一试。双手抱住树干，两腿盘上，回忆着小时候的动作，竟觉得身体极沉重。看了看一脸兴奋的侄子，便咬牙向上爬，终于爬到了一个差不多的高度，才慢慢退下来，小时候都是一跃而下或者顺树干溜下来。

我平定了喘息，对侄子说："看！人是会爬树的吧？来，快试一下！"侄子倒是有些动心，在树那儿比画了半天，退了回来，说："叔叔，还是别爬了，这身衣服是妈妈新给我买的，划破了我又该挨打了！"我给他打气："没事，别怕，衣服破了叔叔再给你买，爬树可不是人人都有机会体验的！"侄子的好奇心终于战胜了顾虑，开始行动起来。我在一旁不停地指点，纠正动作，小孩子果然灵活，一会儿工夫，他就已经爬得很高了，在上面笑着向远处看。他居然爬上了瘾，爬了一棵又一棵，把衣服的事儿早抛脑后去了。

回去的路上，小家伙的精神状态与来时截然不同，兴奋劲儿还没过。他说爬树真好玩儿，比电脑游戏还好玩。想起自己小时候，没有电脑，没有电子游戏，却是有着那么多自然的快乐。现在的孩子应有尽有，却是四体不勤，也未见有多少真正的欢乐。所以，他们封闭在自己的世界里，都不清楚人会不会爬树。说不清到底是谁、是什么剥夺了孩子们的快乐，不只是孩子，就连我们，也逐渐丧失了快乐的能力。

侄子最后和我说："下次一定再带我去爬树！"

不辜负上帝打开的那扇窗

那是一个星星月亮都躲起来的沉夜，她躺在狭小的出租屋里，被黑暗紧紧地困围着。她觉得自己已经透不过气来了，世事的艰难仿佛一只无形的大手，紧紧扼着她的咽喉。一直以来，她都在一个很普通很劳累的空间里忙碌，卑微得像尘埃里的小草。可是她却有着一种认命般的满足，觉得这样一直走下去，也是一种归宿。

可是，即使是那样一扇简陋的门，也被上帝关上了。一时间，她觉得四望都是高墙，都是黑暗，不知该怎么出去。她知道，和她一起的另两个女孩，也一定同样在彷徨之中，她们都是在一起做着平凡的工作，却没料到会突然断了前路。都说上帝关上一扇门，就会打开一扇窗，她现在就等着那扇窗的出现。

终于，在黑暗与桎梏中，那扇窗出现了。下岗后的第二个星期，有个新成立的公司意外地来她原来倒闭的单位招人，于是，她们三个年轻的女子都接到了通知。而她在面试的时候，面对是否会操作电脑及熟练运用办公软件的问题时，便退缩了。她觉得这不是属于她的窗，她心灰意冷。

后来，她听说其中一个同伴成功地被录用，心下很是羡慕和后悔。她觉得那句话说得真是对极了，机遇总是垂青那些有准备的人。那个伙伴，在日复一日的平淡与劳碌中，却没有麻木，而是经常学习一些东西，她当初还不理解，此刻才知道，在剪断了前路的时候，那些不经意间学习的，会成为另一条出路。

上帝关上了一扇门，也打开了一扇窗，她却突然发现自己没有爬上窗台的能力。看得见外面的阳光灿烂，却是无法脱困而出。这种感受比之无门无窗更要让人难过，那是一种希望中的失望。

然后当她听说一起的另一个女孩也被成功录用时，她就非常不理解和不平衡。那个有准备的女孩成功并不意外，可是另一个女孩几乎和她一样，都是平素里随波逐流，没道理啊！她一打听，当时是这样的情形：另一个女孩面试时，当问她会不会操作电脑和运用办公软件时，她毫不犹豫地说会，于是便被录用了。

她惊讶，这也可以？到了新单位怎么办呢？原来，另一个女孩在面试时斩钉截铁地说“会”之后，回去就租了一台电脑，不停地练习，并上网疯狂学习办公软件的运用，在短短一个星期内，那个女孩硬生生地从不会到会再到熟练，几乎每天只睡两三个小时。所以，她在进入新的公司后，就能很快地工作。

她知道缘由后，便彻底服气了。原来，在那扇窗打开时，就算没有翻上窗台的能力，但只要有勇气和胆量，也一样可以出去。窗子代表机遇，可是并不是每个人都能抓住机遇，就像不是每个人都能翻越那扇窗。或是败于没有准备，或是败于没有胆量，其实究其根本，是败于没有见识。没有见识，机遇出现了也不会发现，发现了也不会认为是真的机遇，于是总在犹疑中错过。

我们都知道漫天乌云不会长久地遮住太阳，总会在某个时刻，有一道光从云缝间泻下来。那道光照在每个人的身上，却极少照进心里，极少照亮希望，因为心没有打开，再温暖的光也只是路过。所以，我们要在心里装进勇气和胆量，装进希望和梦想，并在平凡的日子里不放弃学习，如此，在重门深锁之后，才不会辜负上帝为我们打开的那扇窗。

眼睛是一座旅馆

你一定没有看过暴风雪来临时的景象，因为我也有很多年没有看见过了。

那时正是少年，我和表弟一边走，一边咒骂着这鬼天气。大平原的旷野里，暴风雪便毫无征兆地来了。起初只是猛烈的西北风，在空空旷旷的天地间恣意咆哮着奔涌，脸上开始是刀割般的锐痛，然后就麻木得失去了知觉。渐渐地，风里就夹杂着细细的雪，沙粒一般攒射在脸上，使得麻木的脸重新有了刺痛感。很快，雪花渐密渐大，在狂风里翻涌，瞬间将我们淹没。

我们已经将帽子的耳朵放下来，又将围脖重新缠在头上，把脸紧紧护住，只露出两只眼睛。而眼睛也不敢睁大，虽然只是一条细细的缝隙，风和雪依然暂时地住了进来。天地间如涌动的浓雾，几乎快看不清身前的景物，天地间充满了呼啸声。我俩深一脚浅一脚地坚持着，凭着感觉，幸好要去的村子只有六里路，之前我们已走过大半，才没有迷失方向。

那一场暴风雪已经过去了快三十年，我几乎已经遗忘。虽然此刻淡淡地描述出来，那份文字勾画的场景，也只会在你的眼睛里短暂地停留，然后再离去。忽然便想到，眼睛，其实就像是一座旅馆，或者一个驿站，给那些匆匆过往的风景以刹那的停歇。

每一天，走进我们眼睛的，形形色色，林林总总，来来往往，进进出出，在热闹的背后，却是夜里闭目时的苍凉和茫然。仔细回想，那些离去的，连背影都已隐约不清，甚至，更有一些，都不曾记得它们曾经来过停留过。

少年时的那场暴风雪，如果不是偶然的触动，我不知何年何月才会重新记起。它就像一个匆匆过客，在驿站的壁间题了一首诗，离去多年，便蒙了尘，偶尔的一次濯洗，便唤醒了记忆。而一生之中，有多少来去匆匆的，没有留下一丝痕迹，让我们无法去想起，去怀念。也许我们遗忘着的同时，也被那些路过的风景遗忘着。就如我们在外地住了一次店，多年以后，便连店名都不记得，甚至都忘了曾经去过那里。

可是，那些住进来一直不曾离去的呢？

依然是少年时，依然是风雪。村西高岗上的那条路，雪深且滑，一辆外村经过的拖拉机在那里出了事故。我们都顶着风雪跑去看，拖拉机已经滑落于高岗之下，下面砸着一男一女，已经死了，还有一个人受了伤，坐在那儿，腿上淌出来的血已经冻成了红色的冰。而岗上，一个五六岁的孩子正在痛哭。后来听受伤的那个人讲，拖拉机滑下去的瞬间，几个人都没反应过来，也来不及跳下。而那个女人用力把孩子推到了车外……

这个情景便在那一刻，住进了我的眼睛，而且一直没有离去。因为它先是在我的眼里停留，然后便在我的心里安了家。

原来，曾经那些住进来便不曾离开的，是落户于心底。只是，从眼睛到心，却是很短又很长的路，短到瞬间就可抵达，又长到水阻山隔。原来，那些让我们感动的，让我们的生命变得柔软多情的，走进眼睛，便进了心底。

长长的一生，长长的路，我们辗转于世间，每天每天，百般情景，千种事物，在眼睛的旅馆里小憩。离去的，便不必去追寻，留下的，是一生的珍贵。眼睛只是一个门户，进来又出去的，只是擦肩而过的缘分，它们只能点缀一时的心绪，却无法洇染一世的情怀。

对于世间万物，游走的风景，眼睛只是暂栖的旅馆；而对于所有美好的事物，心，才是永远的家园。

您贵庚

两个或者多个陌生人相见，互问过“您贵姓”之后，便会问起对方年龄，一般文雅些的，便会问“您贵庚”，这算是一句古代流传下来的问候，就是问人家多少岁。现在这样说的较少，一般都是很直白地问：“您老多大年纪？”或者，“你今年二十几了？”等，人人听得明白，听得懂。

这样的问候虽极常见，可是其中却有着大学问。比如大家都知道，一般是不开口询问女人的年龄的，可是如果在某种情况下，你就是想知道某个女人的年龄，该怎么问？其实也简单，如果你看那个女人不像很在乎此类问题，一般这样的女人都是很年轻或者看起来很年轻的，你就可以这样问：“恕我冒昧，不知可否告知芳龄？”如果心里没底，大可先恭维几句，比如：“看你也就不到二十岁吧？”实际对方可能超过三十岁，这样一说，女人肯定心里高兴，即使不表现出来，也会对你有好感。再接着说几句夸年轻漂亮的话，女人一兴奋，就会告诉你真实年龄，这时你定要故作惊讶：“什么？你可别骗我了，看你比我要小十多岁呢。”

如果这样都行不通，便可转个弯，说：“我学过算命，你是属什么的？”或者从攀谈的话题中找出询问点，比如谈到结婚的话题，如果觉得对方未婚，便问：“你想多少岁时结婚？”要是谈到工作学习什么的，可以问：“你哪年毕业的？”或者“你哪年参加工作的？”然后，自己根据年龄段去判断吧。

我一般问陌生人的年龄时，会根据对方的身份、年龄、职业什么的，设置不同的问候语。比如问中青年且有些学识的人，便说“您贵庚”，问老年是“您老高寿”等。只是有时第一判断失误，也会有许多尴尬的时刻。

有一次在公园闲逛，见一老者坐在长椅上，手捧一本厚厚的书，戴着眼镜，一副学者或者教授派头。便上前搭讪，简单地说了几句问候语，觉得老者挺愿意说话，便礼貌地问了他的年龄，当时我是说：“你老贵庚？”老者一副迷茫状，摘下眼镜四顾，于是我又问：“您老高寿？”老人用一种怪异的目光看着我，然后一指手上那本厚书，说：“小伙子，你会卷烟吗？帮我撕纸卷烟吧！”我问：“这书瞅着挺老的，撕了可惜了！”老人哈哈一笑：“它认得我，我可不认得它，我连自己的名儿都不认识！”

还有一次，在乡下游玩儿，途中遇一老者于大树下，树后几只羊在吃草。老者穿着极朴素，胡子老长，一看至少有八十多岁，手旁还放着鞭子。也是闲得没事，上前搭话。我大声问：“您老贵庚？”说完就后悔了，他一个放羊老头哪能听得懂？果然他头都没抬，便忙改口：“您老高寿？”老人还是看都不看我，只好再问：“老人家，您多大年纪了？在农村生活多长时间了？”心想不管咋样，这回总能听懂了吧！老人抬头看了看我，张口说出一番让我瞠目结舌的话来：“老朽志学之年随父到此，弱冠成家，而立生子，不惑丧妻，艾服之年身染大病，直到耳顺方才痊愈，杖国之年执鞭牧羊，杖朝之年经丧子之痛，如今已过鲐背五年，期颐可待也！”

听了这一番如雷贯耳的话，我面红耳赤落荒而逃。那时正年轻，少读书，只听得懂弱冠、而立和不惑，哪里知道志学是指十五岁，艾服就是知命半百五十岁，耳顺就是花甲六十岁？更别说杖国就是古稀七十岁，杖朝是八十岁了。而鲐背是九十岁，期颐是百岁更是闻所未闻，回去查了许多书，才弄明白那个农村老头是九十五岁。真是惭愧呀！

自那以后，不管遇见什么人，管什么男女老少的，我都极少问人家年龄。

苍蝇飞入午梦

它们总是伴着炎热而来，仿佛是渐暖的阳光把它们越来越多地送到这个人间。若说在夏日里，最多的小东西是什么，那么，苍蝇绝对可以排到前面去。它们几乎无处不在，盘旋飞舞的身影和嗡嗡的叫声充斥着夏天的每个角落。

有许多的动物，随着我的成长，随着环境的变迁，都已离我远去。可是苍蝇，却是不管我走到哪里，都能见到，仿佛一直相伴。可是回想童年，关于苍蝇的诸多记忆，却总有一个场景闪现在眼前。

那是某个夏日的中午，劳累了一上午的人们都在午睡，我也静静地躺在炕上，却是丝毫困意没有。很静，仿佛听得到阳光倾洒的声音。再就是苍蝇们的叫声，忽远忽近。张开眼睛，见许多只苍蝇在飞着，寻找着伺机而落的目标。有一只离我极近，就在我眼前上方不远处，几乎悬停在那里，可以看清它的样了，甚至那快速扇动着的几乎看不到的翅膀所带起的微风，都能感觉得到。它就那样流连不去，我盯着它，听着它催眠般的叫声，竟是渐渐恍惚，终至睡去。

可更多的时候，我是很讨厌苍蝇的，而且常常以捕杀为乐。几乎每个人的手上，都会粘有苍蝇的血。因为它们是四害之一，有许多不好之处，所以我们理直气壮地杀它们。家家必备苍蝇拍，有时用药诱杀，还有后来各种捕蝇器，无所不用其极，却依然不见它们数量变少。它们就在这样的残酷中顽强地活了下来，登堂入室，让人徒呼奈何。

有时很羡慕野外的那些苍蝇，它们没有杀身之忧，虽然天敌不少，可是比起在人类房舍中所遭遇的种种，却是如天堂一般。尽管没有美味的残羹剩饭，却是可以活得更长久。不为诱惑而去，对于苍蝇来讲，更是难得的事。

虽然很讨厌苍蝇及它的各种形态，特别是那些蛆虫，可是依然敬佩它们顽强的生命力。曾经活捉了数只苍蝇，把它们封闭于透明的玻璃小药瓶里，然后埋进土中。一天后挖出来，它们依然活着，虽然已奄奄一息。放它们出来，它们只伏卧了一小会儿，便晃晃悠悠地飞走。

在我们东北这么寒冷的地方，我不知道苍蝇能否安然活过冬天。后来查阅了一些资料，知道苍蝇不冬眠，它们的寿命其实很短，一般也就一个月左右，好些的能活到两三个月。冬天是它们的蛹期，春暖再度发育。可是，虽然是科学上的说法，我却一直有所怀疑，因为，我是见过苍蝇过冬的。而且，天一放暖，便会出现一些极大的苍蝇，它们不可能在那么短的时间内长成那么大，所以我会认为它们是在某一处度过了冬天。

在我小的时候，每到冬天，都会将窗户缝封严，并且在里面钉上一层塑料布。有一年刚初冬时，我就发现有一只苍蝇被封闭进了窗户与塑料布之间，前些日子还能看见它在里面不停地飞，不停地撞着玻璃，想要出去。后来便不再注意它。那个时候，屋里总会残留下几只苍蝇，由于火炉的温暖，当外面飞了雪，别的苍蝇早冻死的时候，它们依然在屋里活得很惬意。可是后来，便没了那几只苍蝇的身影，想来它们寿命已尽，死在了某个角落。

有一次偶尔想起被封在窗户间的那只苍蝇，便去看，它已经躺在窗台上，一动不动，似乎已经死了。漫长的冬天，有了春节的存在，才不显得那么无聊。于是在盼年与过年的兴奋中，关于苍蝇的种种早就像夏天一般遥远，不再想起。一天天过去，一天天变暖，有那么一个午后，阳光透过窗户和塑料布照进来，才觉得春天真的来了。忽然看到窗玻璃上有个小小的黑影在翻飞跳跃，是一只苍蝇。便蓦然记起曾经被封闭的那一只，窗台上，已经没有了那个躺着的身影！

我相信就是曾经的那一只，我相信它冬眠醒来，不再去管什么科学理论。一只过得了冬天的苍蝇，一直飞在我的童年里，有时，我宁愿相信它就是曾在我午睡时，在头顶轻悬的那一只。

多年以后，苍蝇依然在身畔飞舞，我也依然会偶尔打死它们。可是心里却不再有那么多的厌恶，想来，它们也是为了生存，而我们，同样如此。我不知道，是谁创出了“蝇营狗苟”一词，不知是在赞美它们，还是在讽刺我们。

只是在一个午后，躺在床上，朦胧间听得嗡嗡之声，见一只苍蝇悬停在头顶，心里便涌起莫名的感动。我看见它透明的翅上载着阳光，载着曾经所有无忧的岁月，就那样流连着，一如我回忆的心。

童年上过的那些当

回想起来，我们的童年在各种谎言和欺骗中度过，虽然大多数都是善意的，习惯性的，可是对于我们的成长来说，却留下了深深的印痕。如今想来，却也没有对我们造成什么不好的影响，反而是回忆时有着难忘的情趣。

像许多父母骗孩子吃饭睡觉什么的方法，都太千篇一律，不值一记。或者那些孩童之间互相的算计，也是稚嫩无比。反而是那些大人偶尔的欺骗，让我们终生难忘。

我有一次就很受伤。现在想来依然很受伤，受伤是因为那么古老的骗术，我居然都没识破。那个冬天在记忆里变得极冷，似乎小时候的每个冬天都是大雪封门北风如刀。即使这样，我们依然出去玩儿，哪怕脸蛋冻得通红。然后我们就到了井边，一个中年的男人，村里的，很坏，指着井上的铁摇把对我们说："这东西是甜的，不信你们舔一下试试？"

别人都笑，我却鬼使神差地舔了一下，结果只觉舌尖微微一粘，微微一痛，然后果然有点甜，却不知那是舌头被冰冻的铁粘掉一层皮而流的血的味道。回到家一热乎起来，舌头便开始疼。而且小伙伴拿此事嘲笑我很长时间。这个骗术，在乡下已流传了多少代，几乎人人知道，却只有我去试了一下。四门贴告示还有不识字的呢，而且总得有人去尝试吧，所以我没觉得自己傻，反而觉得自己勇敢。

后来又有一次，一个小伙伴上了一当，大家才忘了我的事。那是我们小学校看校的一个老头，此人一辈子单身，性格古怪，总以欺骗我们小孩子为乐。

那一天放学后，我们几个值完日走出教室，在操场上就遇见了这个老头。一看他笑着走过来，我们就觉得没什么好事。因为之前他总是用各种方法拿我们取笑，所以我们都避着他走。他拦住我们几个，说："我捏你们鼻子，你们就张不开嘴！"一听此话，我马上后退，而那个老头还在说："我捏住你们的鼻子，你们要是能张开嘴，就算我输，给你们糖吃！"看着几个同学露出跃跃欲试的神情，我又后退了几步。

终于，一个同学不服气，走到老头面前，说："我肯定能张开嘴！"于是就试试，老头捏住他的鼻子，他便一下子把嘴张得老大，这时老头一脸坏笑，把一个小土块扔进他的嘴里。当时旁观的我们差点恶心死，就别说当事人了。我之所以一再后退，是因为这个类似的方法我曾经看过。那是在一个亲戚家，一个大人用这方法哄孩子张嘴吃药。

于是，那个同学成了我们长期的笑话，我也因此得以脱离了被嘲笑的命运。后来年龄渐长，那些方法对我们就不管用了，而且也很少有人拿大孩子取笑。我们便也在成长中，看着一代代的小孩子，在那些层出不穷的古老的骗术中踉跄着走过来。有时，我们也会扮演欺骗者的角色，把那些孩子哄得团团转。

一直走到今天，当经历过社会的种种、人心的诡谲，才发现，童年的那些骗术，只是游戏而已，也只是开心而已。对比之下，才更让我们留恋。

观人跌倒时

走在路上，总有跌倒的时候。跌倒，爬起，都在经历的过程。看一个人在跌倒的时候，会看到许多不经意地流露，那是一瞬间的人性彰显，折射着心里潜藏的种种。

冬天雪大路滑，前面的女子忽然跌倒，身前身后都是上班的人，她坐在路上，忽然笑起来。有认识的人问她笑什么，她说早晨出门前，家里人看她穿的这双鞋，就说容易摔跤，于是打了赌，却果然摔了。别人再问，打赌输了还这么高兴？她却说输赢都是赢，输了，摔了一下，家里人得用物质安慰吧？于是大家都笑，她笑着起身，拍掉身上的雪，脚步依然那么轻松。

跌倒时找出快乐的理由来，那么，跌倒也是一种收获。那个女子，我想，她在生活中即使有了挫折，也不会丢掉脸上的笑容。那一抹笑意，暖了整个冬天。

也曾见过另一个跌倒的女孩子，当时正是秋季运动会的赛场上，她跑在最后，忽然腿一软倒在跑道上。在众目睽睽之下，她没有立刻爬起来去继续追赶，而放声大哭起来，别人过去劝，她依然大哭，涕泪横飞。片刻之后，她收住泪，说，我放弃了。然后起身走掉，不再回头看一眼跑道。

以前在一个学校里看过一句标语：如果哭，请痛哭。跌倒了，心里难过是不可免的，那么就索性哭出声来，把往日一直压抑着的种种借此释放。哭罢，继续上路也好，毅然放弃也好，都是一个崭新的开始。

有一次和几个朋友一起踏雪游玩，爽朗的笑声伴着雪花飘飞。忽然，一个朋友滑倒在地，他仰躺在那里一动不动。我们都吓了一跳，急奔到近前，却发现，他躺在雪地上，望着天空的雪花飘落，脸上带着一种恬然的笑意。他说，几十年未曾这[illegible]，真舒服！那一天，我们都躺在雪地上，一种久远的惬意。或许，我[illegible]

有时候，跌倒在地，会发现，躺在大地的怀抱里，是一种很温暖的感受。所以，跌倒时，不妨当成一种休息，一种放松，或许，就会涌起一种意想不到的力量。

夏天的时候，小区里花树葱茏，看见一个男人在一个花树旁拍照。那矮树一人多高，树丫随意地伸展着，绿叶间杂开着朵朵指甲大的花，淡紫色，有着浅浅的幽香。忽然，那人太过专注，脚下被绊了一下，便倒在了树底。却久久不见起来，过去看，他招手让我也躺下去看。好奇之下，便也躺在花树下，向上一望，竟是震惊。上面是穹盖形的绿叶组成的屏障，那些花就点缀在其间。天地缩小在树冠之下，却又让人神游无限。从下面看那些小花，花茎极细，花底部形成一个尖形，周围的花瓣围绕着那个尖形，就像一颗颗淡紫色的六角星，它们隐在绿叶的穹顶下，如碧色天空中的点点星辰，这是在上面绝不会看到的美丽。

我亦是庆幸，如果自己没有无意间看到那男人的绊倒，就算再过去无数个春夏，也不会领略到那些树的另一种姿态。忽然明白，有些美丽，只有跌倒时才能发现。跌倒时不怨不艾，努力去寻找那些尘埃里的美好，又何尝不是一种收获？

见过一个脑梗后遗症的老人跌倒在路上，路人都旁观，其实，那不是一种冷漠，患此病的人跌倒，如果猝然扶起，会使病情加剧，甚至会导致脑出血。那个老人自己慢慢地、一点点地爬起来，向一直关切地看着的人家致谢后，才缓缓离开。

是的，有的时候，跌倒了，只能自己爬起，不管有多艰难。如果靠别人站起来，有可能下一次会摔得更重。

其实，许多人跌倒时，先想到的是别人的目光，却不曾看一看低处的风景；先做的事是迅速爬起，而不是稍做休憩；先有的感觉是挫败和耻辱，而不是平静和淡然。甚至有人忍痛而起，怕别人看见，这样的跌倒，只是单纯的跌倒，除了疼痛，什么也不会有。

故此，一个人跌倒时的心态，决定着他能够走多高多远。所以，心态要调整好，跌倒也要抓把土，也要成为一种收获。更应有一种豪气，即使跌倒了再也不能爬起，也要倒成路标的形状！

咬舌头

俗话说，舌头没有不碰牙的时候，其实这里的“碰”更多的是咬到的意思。正常情况下，舌头和牙同处一室，紧挨近邻，自是常接触。所以也有舌头被牙咬到的时候，在猝不及防的时刻，猝不及防的疼痛。

常常在吃饭的时候，忽然就咬了舌头，牙齿的力度还停留在咀嚼饭菜的程度，于是尖锐的疼痛袭来，捂嘴而停食。这个时候，家里人就会说，这是馋肉了，于是便会在下一顿做些好吃的肉食。这个说法似乎由来已久，各地都几乎存在，想必人馋久了无肉，便不知不觉中对自己的舌头下了牙，想来也有趣得紧。

而我们在大嚼大咽美食之时，虽然口齿急促，却是很难咬到舌头，顶多人们会说：“太好吃了，都快把舌头吞进去了。”一个“吞”，就把咬给省略了。可是我却有一次，面对满桌子好吃的，竟是将舌头咬了，当时大家都笑，说：“这么多的肉你还馋，真不知你想吃什么肉了！”原来在这个时候咬舌头，代表着馋的升级。

初中时有个同学，她一考试时就头晕，虽然平时学习很好，可是考试成绩却总是很差，为此她十分烦恼，用过许多方法都不见效。后来她便自己想出了一个办法，考试时一要晕就狠咬舌尖，咬得越用力，效果就越好。一场考试下来，她的舌尖已经出血。多年后，我们相聚时，回忆往事，她笑说自己是千锤百炼的舌头，别人成功都是咬紧牙关坚持，而她却是咬痛舌头坚持。

那时在书上常看到类似的情节，为了不晕过去而咬舌头。现在一想到我的同学，才明白把自己的舌头咬出血来，需要多大的勇气。说起来容易，可是自己试一下，真能下得去嘴吗？所以说，一种勇气的背后肯定有另一种勇气在支撑。而书中那些咬舌自尽的，那一刻的决绝，真是比死还需要勇气。

或许，咬别人的舌头心理压力不会这么大吧。我们曾在报纸上或者书籍上看过太多这样的情节，恋人分手，最后的吻别中，一个人将另一个人的舌头咬断。往昔亲热的方式却成了相残的手段，咬别人，即使自己下得去嘴，心理上，良心上，也总会留下不可磨灭的印痕，那一口，实则是咬在自己的心上。

而咬更进一步，当变成嚼的时候，则意味全变。嚼舌头，已不是指具体动作，而是上升到语言和行为的层面，嚼舌头就是指喜欢论人是非或者废话连篇什么的。喜欢嚼舌头的大有人在，大家都讨厌这样的人，可是细想起来，在有些时候，我们也会管不住自己的牙，控制不住自己的舌头。这个时候，当要狠狠咬自己舌头一下，以示警醒。

人的一生里，咬到自己舌头的事肯定很多，然而齿刚易毁，舌柔独存，到得最后，牙齿掉光，舌头依然存在。所以柔软着的，有着更强的生命力，那不是弱势，可能更是智慧。

指甲的前世今生

指甲和头发一样，相对于人体其他部位来说，是在不停地生长，不停地更新。而它比头发更快地轮回着，约三个月，便会更换全新的指甲。自然的状态下，我们剪指甲会很勤，有些有洁癖的，甚至恨不得剪进肉里，不让它有一点露头的机会。

如果让指甲自然地更新，我们会全无察觉，若是忽然全失，则可见其生长过程，缓慢而又艰难。年轻的时候，有一年手被门掩了一下，正夹在右手食指的指甲上，瞬间的剧痛，仿佛心都快跳出来。不敢碰触，任那疼痛渐渐如水消退，也只是不再那么尖锐，持久的痛依然在。指甲起初并无异样，渐渐地，整个手指前端便肿圆了，就像一个小小的锤子。这个时候，只能举着右手，放下则疼痛加剧。然后指甲开始变黑，里面的瘀血开始将颜色渗上来。十来天过去，肿渐消，指甲由黑变白，慢慢鼓了起来。再然后，指甲开始翘起，终于脱落下来。

捧着脱落的指甲，很是担心断了根之后，它能否再次长出。过了些日子，从脱落的根部，开始出现细细的白茬，就像草芽拱出泥土。那些天便看着它每一天的变化。经历几个月的时间，指甲已经覆盖了原来的部位。只是此时的新指甲很是不平，上面沟壑纵横，要连续两次重新生长，才平滑如初。不知是心理作用还是真实存在，总觉得新长出的指甲，有一种不融入感，哪怕多年过去，依然有着这样的感觉。

许多女子喜欢留长指甲，指甲成了她们钟爱的美丽。在做过美甲之后，指甲如同换上盛装，为女子平添了意外的妩媚。想起《红楼梦》中，晴雯的指甲便留得极长极美，她生病时，那个大夫诊脉时，看见有两根指甲足有三寸长，尚有金凤花染成的红色。在所有的丫头中，只提过晴雯的指甲，而且在她快要死时，便将“两根葱管一般的指甲”齐根咬下，也有版本说铰下，送与宝玉留念。这些情节常让我悠然神飞，在想象那两根指甲的美丽的同时，也想着当它们作为留念之物时所蕴的深情。

而女子留长指甲，也可以作为武器。长而尖的指甲挠在谁的脸上，都会留下道道血痕。此类壮举几乎每个人都看见过，指甲对于女人来说，有着更生动的存在意义。而对于男人，只要不伤根本，则是可有可无。在我学吉他的时候，老师说左手指甲必须剪到最短，要指尖敲击琴箱时，听不到指甲的撞击声，如此方可更好地按压琴弦。仿佛小时候被迫剪指甲的经历重演，平时倒未觉得，只是在挠痒痒或者系扣子时，才会发现非常的别扭。

有统计说，我们一生剪掉的指甲，长度会有五米左右，想想都觉得恐怖。而我们剪掉的那些指甲，也如往事遗落于尘埃，不可记起。指甲和头发一样，是在人死后依然能继续生长的，所以，指甲虽无觉，可它依然是有着自己的生命，它在不断地轮回中，记录着我们的一切，在它坚硬没有知觉的背后，蕴含着我们一生的悲欢。

闲观山色倦听鸟

城市很小，像一只鸟落在山山岭岭之间的某处空地上。站在任意一个十字路口，四方看去，尽头都有山影。

出小区的大门，穿过一条小街，就是水上公园。临一条河，那是老河道，真正的河流已改道他方，只是里面依然有水，却不再流动。站在岸上向南望，几个山影重叠着，目光撞上去，偶尔会惊起一朵云，或一只鸟。闲暇的时候，我经常到这里来，或默立，或信步，其实更多的时候是忙里偷闲。就像在连绵不断的光阴里，剪下一段，让它静止着，仔细观看每一个凝固的瞬间。

在某一个季节里，山色似乎是一成不变的。就像夏日里的青翠，或者冬天里的为雪白头。其实静心看久了，会发现，山色无时不在细微地变化着。或是阳光的移动，或是长风的路过，或晨或昏，或晴或雨，山的色彩便浓淡明暗地变换。有时候，也会有着很强烈的变化。比如雨后初晴，阳光乍泄，绿色中便升腾起茫茫雾气，与云岚相接，很是悦人眼目。或者冬日的清晨，冷雾迷蒙，半遮半掩，却是成片成片，不再聚集成云。就像山上的雪密集地飞扬起来，清凛无比。

其实，山色也是在随着心情而变的。比如那一片绿，快乐时就明朗，忧郁时就沉暗，心动时风动，心静时云静，莫不一一相自应。我知道我没有那种书上说的境界，看山是山什么的，那些之于我，都来不及去想，山色随人，亦随心，我觉得就好。

而最能代表一种心情的，却是秋天的山，五色斑斓，五花山，很形象的名字。只是也很短暂，像一场花事，光阴未过，便已凋零。就像许多璀璨的心事和心情，就像水面上旖旎着的浪花，美丽过后，便复平静。无痕无迹，像梦，只是，人生有梦才有暖，才有希望吧？

回想起来，山色在我的眼中，少了一个季节。春天，似乎永远在别处美丽着。我们这里，春天只是一个匆匆的过客，基本没有停留。山上的雪融尽之后，显出很暗很暗的绿，然后某一天，忽然就都焕发出生机。

而走进山里，走间森林里，却完全是另一种感受。距离近到不能再近，远望的山色无限扩大成一个世界，置身于远望的风景里，人亦如草木之微。常和朋友们去山上采野菜或者采蘑菇，或者打松塔，我们爬山，是真正的爬山，没有路，高矮的树，丛生的草，行走间牵扯人的衣裳。走得累了，便倚树而坐，风从树上垂落，身旁许多不知名的虫儿或飞或爬，浑不惧人。然后，便有鸟鸣声远远近近地传来，掠过树的间隙，在身畔的光阴里荡起许多涟漪，濯洗着耳朵和灵魂。

有时候一只鸟飞过，栖落于另一棵树上，我就想，这会不会是当初被我远望的目光惊飞的那一只？它飞过头顶，垂落下几声啼鸣，把全身心的疲倦都悄悄地驱散。倦时听鸟，真是难得的机缘。心儿也会随着飞鸟，于山中林间自在啼鸣，宠辱俱忘，万虑皆宁。我知道，这依然不是什么境界，只是彼时彼境中，心灵与自然的一种相通。也许回到山下的红尘熙攘里，我又会烦恼盈胸。只是，有过这样的片刻，也是生命的一处留白，一种缓冲，就足够了。

山在，鸟在，我在，或许希望也在，梦想也在，那么，即使烦恼还在，挫折还在，便也没什么了。山色鸟音，入眼经心，这，也是一种珍惜吧。

在心里隐居

让心静下来，是很难的一件事。心无杂念或者心存一念，是古代许多宗教修身的入门心法，看似简单，却极不容易。心里万念丛生，越是想压制，便生长得越猛烈。就像许多失眠的人在夜里数羊一样，只是为了让心静下来，不去想一些扰乱情绪的事，却往往于不知不觉中陷入幻想的旋涡。

我少年的时候，有一段失眠的经历，用尽了方法都与睡梦无缘。偶然的一个夜里，在纷乱的思绪中，便捕捉到一个让我感兴趣的幻想。当时心里有一连串的问题，比如将来想过什么样的生活，想住在什么样的地方，想去哪里游玩，等等。别的问题，少年的我是有着许多不确定的憧憬，而且也想不分明。只有那个想住在什么样的地方，让我想了很久。或是山间水畔的小木屋，或是大都市的高楼之顶，这一刻还眷恋着大漠上的帐篷，下一刻便又神飞于海边的小楼，一会儿江南一会儿塞北，一会儿雪域一会儿高原，直到入睡了还梦个不休。

人到中年之后，那所房子便在我心里渐渐定了型。不要什么高楼大厦，不要什么名山大川，只是那么一所房子，土草房就很好，在大平原上，或者远处有淡淡的山影，附近有细细的河流，房前有几棵参天的杨树，屋后一条土路通向遥远。便忽然惊觉，这与我记忆中的故乡老宅很相似，却又远比故园完美。

也许经历了半世的沧桑，心灵想回归童年的家园，于是心底的房子便越发清晰，每一天心神一闲，便会沉浸于那种创造之中，每一个细节也都慢慢丰满。不要篱笆墙，因为我很少见，弄不出细节，所以采菊东篱，或者在绿树白花的篱前挥手道别，那些情境便无缘了。只要土墙就好，一带矮墙，围绕故井，夏天的时候，墙体和墙头上会长满了野草，就像大地站了起来。为了把院门开在哪个方向，颇费了些心思，我想开在西边，每到傍晚，倚杖柴门，临风听蝉，很有意境。可是我又喜欢早晨打开门，把万里霞光迎进来，盈满了院落。最后还是把门开在西边，因为西边的高冈下，是那条小河，对岸是大地的辽阔，我可以走出门，站在冈上远眺或沉思。

就这样，每天无事时便在心里一点点完善自己的家园，比如要有一个屋子，四壁摆满了书，窗前一张古老的书桌，在某些夜里，月亮挂在檐下，时而读书，时而看月，看月光把院里的花影移到壁间的书上。这样想得多了，想得久了，只要心思一沉静下来，便觉得身处自己建造的家园里，每一物都固定存在着，一草一木都那么熟悉，甚至书架上每一本书的位置都记得清楚。

所以，有时候累了，我便回到心里。那所房子一直在，或者是春日的清新，娇鸟啼花，轻风摇绿；或者是夏天的热烈，绿树阴浓，池塘青草；或者是金秋的开阔，草木摇落，雁阵横空；或者是严冬的凛冽，一炉红火，漫天飞雪。我徜徉于其中，虽然也是时节如流，却恬淡悠然。从心中的世界回归现实，心情便无比的宁静，一些近在身畔的荣辱得失，便再不能入侵我的心。

可能短短的一瞬，我却在心底已过了很久。可以在很新鲜的早晨，去菜园里看那些欣然的果蔬，撷一身清凉的露；可以在很炎热的午后，坐在老树下，笑看天边云卷云舒；可以在如染的黄昏，倚在矮墙上，听晚风摇醒河流和草木；可以在寂寂的午夜，漫步中庭，踩一地如水的月光。都说天上一日，地上一年，那么，是那一天珍贵，还是那一年值得？于我来说，我不在意现实中那失神的一瞬会发生什么事，却流连于那一瞬我在自己心底度过的一天。

有了心底的家园，随时可以进入，哪怕只有刹那间，也足以休憩和放牧自己的灵魂。便觉得世事也是亦真亦幻，自己过着两种截然不同的生活，生命丰富得出乎想象。在自己创造出来的世界里，过自己的另一种生活，那么，现实生活中那些黯然的时刻，那些失意的时光，那些无聊的片段，都会因此而成为另一种生活里最美的光阴。

所以，不必费尽心思去想着归隐田园山水，也不用去羡慕缥缈的世外桃源，只需向自己的心里去寻找，便会与许多许多梦想中的美好相遇。

长看世人梦未醒

有一只老鼠自小便表现出了它的与众不同，当它看见自己的父母和兄弟姐妹先后死于非命后，便悄悄地离开了原来的洞穴，只身来到了另一处宅子内。宅子的主人是一个书生，每日里摇头晃脑地读书，万事不关心，所以老鼠觉得这里十分安全，便打了个洞定居下来。

时间久了，老鼠发现它的判断没有错，偌大个宅子只有书生一个人居住，他忙着读书，所以不会有猫、鼠夹、毒食，它可以自由而安全地出入。有时它甚至敢走到书生的桌下，饶有兴致地听书生念诗读书。虽然偶尔也会有突发的危险，可它自有应对的办法。比如突然有外来之猫出现时，它就可以从容避开。因为它从亲鼠们血的经验中得出了教训，猫一般是在老鼠出洞口后立即出现并扑过来，而此时老鼠只要一转身回到洞里就会化险为夷，可是老鼠的心理素质太差，加上对猫的天生恐惧，常常猫一出现便方寸大乱，东一头西一头乱窜，最终命丧猫口。而这只老鼠却有着过“鼠”之处，所以一直平安地活着。

一年过去了，这只老鼠也没有找个伴儿组成家庭繁衍后代。因为它从自己的家族史中看出，越多的同类聚在一起危机便越大，比如食物之争、配偶之争、地位之争等。它觉得这样自己生活更好，每天优哉游哉，万事不挂怀，闲时可听书生念书，困了便睡，颇有洞中修行的意味。

渐渐地，几年又过去了，老鼠的胡须已经变白了，可它依然觉得精力充沛，体力不减。可是有一天，一切都发生了变化，书生一去不回，宅子里住进了一个大户人家，人口众多，从此清静的日子便远去了。所幸此户人家并不养猫，也没注意到它的存在，因为只有它一只鼠，又不轻易出来。闲坐洞中，每日里都有好戏上演，它可以看到婆媳的不和、姑嫂的争吵、兄弟的相残，直看得它心惊肉跳，仿佛又回到了自己的童年时代，那时它的家族也是每日里上演着这些闹剧。它越发觉得自己单身生活的好处，有时它会微笑着看着洞外人家的风云变幻，颇有隔岸观火的闲适与无忧。

又许多年过去了，房中的人换了又换，这只老鼠也真正地老了，胡子全白了，走路也吃力，全没了当年伶俐。看惯了人们的生死悲欢，它忽然觉得自己的清闲是一种难得的幸福。无论什么人住在这所宅子里，它都会有时机溜出洞口悠悠地漫步，那是在深夜，人们在梦乡里徜徉的时刻。它忽然觉得，这宅子里的一切都像一场梦在上演，而它却是唯一清醒的旁观者。梦里的纷争终会清醒飘散，而醒悟时往往是人们咽下最后一口气之前。

又一个午夜，有月光从窗外斜斜地照进来，照在屋里人们熟睡的脸上，老鼠从洞里走出，迈着极缓慢的步伐在人们头顶转了一圈，而人们依然沉睡。然后，它拖着苍老的身躯向洞口走去，走着走着，忽然就想起许多年前那个书生曾念过的一首咏鼠的诗，也只依稀记得其中一句：

“长看世人梦未醒！”

一块石头的相伴

当我铺开纸张，准备写几个毛笔字自娱自乐，它便站在案上充当镇纸。或者看书的时候，它便成了我手里握着的一抹充实。它是一块石头，却是经历了火山岩浆的洗礼，经历了上亿年岁月的更迭，于是有了一个好听的名字，玛瑙。

其实，我平时对石头一类并没有多大兴趣，很难像别人那般把理论讲得头头是道，玩得风生水起。可能我的这块石头也只是很普通的一种，但是它暗红的颜色和半透明的莹润，却常使我想起一颗心来。很多时候，更是因为它陪伴着我许多寂寥的时光，总是默然相对，彼此的沉默便似乎交织成一种会心。

它不大不小，正堪一握，仿佛和我的手有着一种默契。虽然，我知道它的里面不能孕育出一只惊天动地的石猴，更不能幻形入世通灵辟邪，甚至不能入方家法眼，可它却一直在我身畔。我不知道它在大地里掩埋了多久，是谁使它重见天日，又如何辗转到了我的手上，只是当我握着它的时候，就像握着一脉遥远的火热和苍凉，握着时光的印迹，和旷古的幽寂。

虽不能言，却总在心灵最宁静的时刻，感受得到它所蕴含的故事。有时候，我会觉得，它遇到我，也是幸运的吧？它依然自然而然，没有被随形就势雕琢打磨，没有被制成不情愿的种种，日日与脂粉金银为伍。它脱离了大地的束缚和荒莽的栖居，得以和诗书笔墨相亲相近，或有琴声缠绕，或有书声浸润，无论冷暖寒凉，四时变换都在身畔旖旎而多情。而且，它拥有着一只手干净的温度，拥有着一双眼清澈的目光，和一颗心真诚的相依。这，也是自然而无悔的吧?

我从不去想象，它的形状像什么，也从不打算把它琢磨得更精致细腻。我喜欢它带着原始的形体，和纯净的本色。我更不知道它更早的身世，是一段树木，抑或一块山岩，都没有关系，面对着它，凝神于它的细纹浅壑，起伏浓淡，有时会觉如神游荒山，心逐林木，便似灵魂放牧于一片开阔雄浑之中。也许那些幻相便是它的往事，它就这样无言地讲述着，让我的心灵一次次地莅临从所未有的美景。

即使它曾经是山的一部分，可是如今也不过是一块略出色一些的石头，而我呢？在芸芸众生里，也只是沧海一粟而已。相对于所有的博大深远，我和它，都微如尘埃。或许正是因为如此，我们才能相遇，相伴。

也许，它真的只是一块无知无觉的石头，是我日日的寂然，把自己许多的想象和情感加于它。可我从来都认为，一草一木一沙一石，就算再是天地之细微，也是有情的。那么，我宁愿相信，它也会眷恋于我，眷恋于我身畔的所有光阴。而同它相比，人的一生真是短如朝露，迅如电光。那么，当我去后，回归它曾经藏身亿万年的土地，彼时它又会去向哪里？愿它有幸，依然能遇见如我之人，留其本态，任其天真，伴之笔墨，慰之书香。

既然是我赋予它情感，那么，还是由我来负责留恋和珍惜吧。不管此缘多长多久，相对的时刻，就是最真实的珍重。

心中书卷，眼底风光

有些地方，有些风景，我是极少在短时间内去第二次的。刚刚领略不久，余韵未淡，浪潮还未过去，再度重来，依然是第一次的心境和目光，熟悉的依然熟悉，忽略的依然无睹。只有经过时间的过滤，脚步重临，那些未曾经眼经心的，才会在岁月的等待中，散发出一种召唤。

而有些地方，我会故意遗落一些风景，这样，再次来时会有一个目标。或者无缘重来，在心底留一份带着遗憾的想念。有时候，遗憾会让人对某些事物念念不忘，不求圆满，在心里把缺失弥补成完整，是另一种境界和情怀。

读书也是如此。一本再好的书，读过之后，如果立刻重读，还是熟悉的思绪和情节，很难读出新意来。如果让它在书柜中沉寂一段时日，在心底淡忘一段时日，当最初的感受渐淡之后，新的渴望便会生长。重新捧读，大的情节似曾相识，而种种细节却如星闪耀，一种全新的愉悦。若故友重逢，各诉契阔，情谊更深。

住在小兴安岭的深处，在群山与原始森林的环绕之中，低头有书卷，远眺有风景，日子缓慢而悠然。每天的黄昏，我都出去散步，从门前的水上公园一直走到山脚下那条小路，一边是山，一边是水，小径曲折。有朋友看我散步时随手拍的照片，很是惊讶，问："你家住在景区里吗？"竟是无觉，可能真的是熟悉的地方没有风景，在这里近二十年，每一处都熟稔于心，即使四时变幻，在眼中心底也不再有触动和惊喜。日日流连同一处山水，虽有佳景而无佳情，并非麻木，而是太近太久。

每天回来，看书，有一些书很是不同。比如有几本厚厚的，《中国古典小说鉴赏辞典》《宋词鉴赏辞典》《唐诗大鉴赏》等，每天都要翻上几页，十多年来，不知看了多少遍，几乎从未间断，却一直未曾厌倦，和风景不一样，虽然风景也是横看成岭侧成峰，时间久了，自然便无新意。而有些书，却似乎是意蕴无穷，即使相同的角度，心境不同，也会有着不同的理解。可能文字中容纳的，比之眼前的山水所包含的，更变化万千。

而在风景里看书，却是另一番趣味。记得少年时，我常常去萧红故居，有时候一待一整天。那时的游人还不多，也不收门票，我经常徘徊在后花园里，草木葳蕤，思绪游荡，热了的时候，就进到正房里，看墙上的老照片，看来过的名人的题字，看那些老旧的家具。更多的时候，我会带上一本书，或者是萧红的《呼兰河传》，或者是别的什么。坐在后花园里，或者坐在萧红塑像的脚下，那些文字在心里涌动，有时累了，就抬起头，满庭风和阳光，便浑然忘了此身。

有另外的一个情境。坐在疾驰的列车上，守着窗，捧本书，情节在眼睛里游走，风景在身畔游走。看会儿书，转头向窗外，那些匆匆路过的山，路过的河，路过的树和花，路过的村庄和农田，美好接着美好，就像手中的书卷里，那些郁郁葱葱生长着的感动。读万卷书，行万里路，想起在古籍中看到的那些进京赶考的书生，背着书箧，走上漫漫的路途，白日满眼风光，夜里灯下展卷，思之而神飞。

书与风景的共存，是一种由内而外的洇染，也是一种由外而内的感悟，那是眼睛的盛宴，脚步的温暖，心灵的丰收。

在这个奔走的世间，有些风景是可以错过的，那只是一时的遗憾，而有些书，错过了，就是一生的缺失。

树不能走，鸟自飞来

村庄在高处，向南，是低矮的一片大草原，直到松花江边。站在院子里望去，目光很自由。驰心骋怀的过程中，我总是被一棵树将目光牵绊住。

那是一棵孤零零的杨树，远离林木，独立于旷野中。凝神于那个远远的身影，心里会有着莫名的怅惘。不只是为它的孤寂，不只是为它，更为所有的草木，它们不能行走，终此一生都困囿在原地，看世事沧桑，即使活上千百年，也没有来去的自由。甚至没有选择，崖间水畔，荒野孤村，落地生根，永远与寂寞为邻。

少年的我，也经常跑去旷野中，跑到那棵树下，与之无言相对。树已极老，没有了远望的低矮纤细，而是枝叶纵横，浓荫匝地。村庄反而在遥远处，那么邈小，想着这棵树多少年来，看着村庄的变迁，在岁月流逝中苍老，心中油然而生的是天地一瞬的感慨。躺在树下，看被枝丫切划得支离破碎的天空，看阳光从缝隙间跌落下来，看风在树叶间缠缠绕绕，便忽然觉得，它似乎也不是寂寞的。

然后，我看到，有两只不知名的鸟儿，从远天飞过来，落在高高的枝上，于是，啼鸣声便同阳光一起落下来。我躺在那里很久，不知迎来多少鸟儿，直到日已偏西，我才向村庄走去。脚步轻盈了许多，回头看那棵树，便有了温暖的感觉。

后来故乡便远在山水之外，时光也在脚步中消散，只是，当年的那棵树，偶尔会入心入梦。虽然我跋山涉水，可以轻易地离别故土，数不尽的水阻山隔也挡不住脚步，可是更多的时候，我感觉到的不是自由。虽然我的身边人来人往，虽然红尘里熙熙攘攘，我却感觉到身前身后都是寂寞的陷阱。想起那棵树的时候，却反而羡慕它的悠然，羡慕它的怡然，或者是超然。

原来，不能行走的树，却是最自由的。那无关空间的变换，只在于心里没有桎梏与羁绊。

我给一个朋友讲过故乡的那棵树，他了然地笑。他是一个不太愿意说话的人，也不太愿意在社会上应酬交往，却也并不是出世隐居，就在一种平平静静自自然然的心态和生活中，每天看书、写字、干活，过得自在随心。我们都愿意到他家里来，并不是什么主雅客来勤，也并非谈笑有鸿儒，就像是有一种什么美好的东西在召唤着，使我们来到他这里，心里轻松，万虑皆宁。

我们就像曾经的那些鸟儿，飞向那棵树。便想起，曾经在疾驰的车上，看路两旁高高的树，总有一些鸟巢划过眼睛。一棵树的魅力，便在于此，虽不能行，却有鸟儿不停地飞来，甚至，把家安在树上。不只是鸟儿，还有长风，还有云，如果是一棵开花的树，来临的精灵会更多。所以，一棵树哪怕没有生长在丛林里，没有生长在景区中，它也不是寂寞的，因为总有一些美好为它而来，总有一些眷恋与它相伴。

有些人也是如此，从不寂寥，也不嗟叹，内心丰盈了，自然有美好同行。就像我的那个朋友，他吸引我们的，正是那种人格的力量，那种发自灵魂的芬芳。所以，一颗洁白而广阔的心，比走过千里万里的脚步更自由；一种自甘淡泊的心境，比千方百计去攫取的那种生活更丰盈。

如今，我再想起那棵树，便没有了怅惘，也没有慨叹。它不变地站在那片旷野中，没有遗憾，而拥有着天空的无涯；没有等待，而许多美丽的鸟儿正依依飞来。

装疯与卖傻

历史装疯避祸的人太多了，而且多是演技高超，特别是到了明朝初期，在朱元璋的铁腕打压和量刑过重下，大批的官员被处死，从上到下，各个部门人员严重不足。大臣们离开家去上朝时，都要与家里人来个死别的仪式，因为谁也不敢保证还有没有命回来。这样的情况下，人们的智慧就被开发出来，便都想到了一个办法，那就是装疯。于是一时之间，洪武年间，好端端的一个大臣突然疯掉，这是很常见的事。因为疯了，皇帝就不会追究一个疯子怎样，便可以保身。

可是许多人虽然装得很像，却依然没有逃脱一刀之厄。可是人们依然前仆后继地疯掉，因为疯了便有活下去的可能，不疯几乎是必死，那么为什么不疯一次赌一把呢？其实最成功的装疯案例，便是当时的一个监察御史，叫袁凯的。说起这个袁凯，也是倒霉，他一直小心谨慎，平平凡凡，不会引人注意。可是有一天，朱元璋交给他一个简单的工作任务，却差点要了他的命。

朱元璋给了他一份要处决的人犯名单，让他交给太子朱标。跑趟腿的活，本无大事，可是问题就在于，太子看了那个长长的名单后，说要杀的人太多了，主张从宽处理，并让袁凯将自己的意见转告给朱元璋。袁凯当时也并没有认为这是多么危险的事，便向朱元璋如实汇报，朱元璋随意问他：“太子和我意见相反，你看我们谁说得对呢？”

袁凯的冷汗立刻下来了，皇上和太子的矛盾，他夹在中间，肯定是没有好下场的。可是皇上问话又不能不答，便说了句两不得罪的话，意思是两人都没错，皇上杀人是为了维持法纪，太子想放人是出于善良。他还自认为聪明，觉得这样一说就不会有事了。谁知朱元璋勃然大怒，斥责他狡猾没有主见。袁凯回去后越想越怕，想着肯定是要活不成了，怎么办？只好装疯！

不过袁凯还是很聪明的，他回想了一下那些装疯失败的同僚，再翻阅了一下历史上装疯成功的人，得出一个结论：装疯确实是最好的办法，但是一定要装得真实，就是说，程度要够。不能只是痴呆无状披头散发四处打人，那根本不可能让人相信，一定要不怕恶心，装到最极致才行！

于是袁凯疯了！朱元璋果然是不信的，派人到他家里，拿着一个木钻去钻他的手，结果袁凯意志惊人，若无其事，来者相信他是真疯了。可是朱元璋还是不信，而且袁凯也没想着这件事能轻易地骗过朱元璋，他猜想，明察之后就是暗察。他知道自己院子外面不知有多少人在悄悄盯着他，于是他用出了终极绝招，那就是——吃屎！

说起吃屎，历史上有几位是很有名的。当然，勾践尝夫差的粪便另当别论，那不是装疯，那是隐忍。而真正装疯吃屎并成功脱身的，是孙膑。孙膑被庞涓陷害，只好装疯，而且也装到了极致，吃屎，据说吃的是猪粪，而且是真的粪，否则怎么可能骗得过同样聪明的庞涓呢？

袁凯深得孙膑真传，据说他在自家院子里吃的是狗屎，而且吃得津津有味，由此，朱元璋才相信他是被自己吓疯了，便不再注意他。那么，就有人写文章说，袁凯其实早得到了有人来暗查的消息，所以事先准备了用面粉什么做成的假屎。我觉得殊不可信。第一，在那个时候，人人自危，为了自保，出卖别人是很正常的事，更别说有人冒着生命危险来给他通风报信了。第二，以袁凯的聪明，他装疯定是要连家里人都瞒过的，否则上下人等，谁敢保证没人去告密？再者，当时装疯者那么多，用假屎骗人是多么不明智。所以，他吃的，肯定是真的。所以，他成功了。

等到后来的朱棣，也曾在危急时刻效仿袁凯装疯，不过他并没有达到袁凯的程度，如果让他去吃屎，他估计是不会干的。朱棣疯的方式有些与众不同，他不在家里疯，而是去闹市里疯，闹得人尽皆知。当时他的侄子建文帝也是不相信，派人去查看。却发现三伏的天，朱棣披着棉被，在太阳底下，在大火炉前烤火，一边烤还一边说："冻死我了！"皇帝派来的人一看，这定是精神病无疑了，便如实上报。朱棣躲过一劫，为他的叛乱争取了时间。

为了避祸，除了装疯之外，就是卖傻。注意，这里的傻并不是真的傻掉了，真的傻掉了，还是装疯的范围。卖傻，而是假装糊涂，或答非所问，或一问三不知，有时可以避免灾难。不过卖傻卖得好，也就罢了，如果卖得不好，那就真是傻眼了。

明朝时还真有这么一个事件，是关于刘基的。大家都知道，刘基（字伯温）是很聪明的人，在民间被传说成神仙一般的人物，可是在朱元璋面前，也是战战兢兢，大有朝不保夕之感。朱玩璋对刘基是早有杀心的，因为当时刘基是朝廷中两大集团之一的领袖人物。当时朱玩璋一心想要取消宰相这个职位，进行了一系列的清洗和前期工作。

有一次，朱元璋向刘基征求意见，如果换掉当时的宰相李善长，谁接任比较合适。在这之前两人相谈甚欢，气氛融洽，在这个时候突然有此一问，刘基便十分警觉，便搪塞说这要陛下来决定。刘基卖傻第一步成功，朱元璋脸色也有所缓和，他又接着问："你觉得杨宪如何？"这个时候刘基知道了事情的严重性，想着装傻也不能一味装到底，而且杨宪是自己这一派的人，这时一定要表明态度，于是就说此人有宰相之才却没有宰相之量，不可用。于是朱元璋又说了几个人选，这里有刘基的政敌，也有朋友，刘基的卖傻境界毕竟高超，他对朱元璋的心思把握得很准确，所以都是说出朱元璋想听的话。

刘基长出了一口气，觉得度过了这一关，便有所放松心神警惕。就在此时，朱元璋说了一句话："看来相位只有先生能担当了！"刘基此时正处于紧张过后的放松期，便顺口答道："我当然可以，可是我疾恶如仇，陛下还是找别人吧！"话说到这儿，他还没有醒过来，也没有看到皇帝脸上的怒色，竟又回了一句："目前诸人，臣诚未见其可也。”意思是，现在的这些人，我看没有一个合适的！

从此朱元璋便把刘基视为异己，并最终将其杀掉。刘基的卖傻能力不可谓不高，就是坏在最后丧失了警惕性。可见卖傻，也是一定要卖到底的，否则前功尽弃不说，也会丢了身家性命。

装疯也好，卖傻也罢，都是为了自保。可细究起来，自身卷入是非之中，便是一定有着原因的。所以还是在事前多想好，省得事后得精神病。

第3辑

摘来星星拼成月亮

采撷每一缕理性的星辉，捕捉每一只感悟的流萤，汇集成一束柔柔的光，照亮前路的迷茫，温暖尘世中许多的迷惑与苍凉。

偷得人间几回懒

有一次在一条清澈的小河边散步，夏日的阳光闪烁在每一片草尖花瓣上，河流在这里极为平稳缓慢。我听见一个小女孩对她的母亲说："小河在这里偷懒了，流得这么慢！"

这句充满童趣的话，就像一粒种子落在心田上，瞬间便生长出别样的美好。便忽然觉得，偷懒似乎也挺好的，回想曾经的种种，发现那些眷恋着的事，多是在偷懒的时候做的。

学生时代，也总在课堂上偷懒，悄悄地看书，看席慕蓉汪国真的诗，看武侠小说。总觉得在那样的情境之中，书也变得比平时更有味道。有一次，正在看一本借来的《无怨的青春》，当时正是语文课，结果看到忘神，连老师走到近前都没发现。她拿着我的书回到讲台上，说："只要你背出书里的任意一首诗，我就把书还给你！"

于是大喜，立刻背了一首《山月》："我曾踏月而来/只因你在山中……"老师极为高兴，把书还给我后，还对我们说："偶尔偷偷懒是好事，做些喜欢的，可是经常这样，就不是你偷懒而是懒偷你了！"

每想起老师的话，我都深为感动，偷懒，是在一个忙碌的过程中才能发生的事，是忙里偷闲，是短时的轻松，就像那条小河般，在某一段缓缓流淌，可是在别处依然奔流不息。它不是停止流动，而是在适当的地方放慢了脚步。

你看，树上的叶子静了，那是风在偷懒；花瓣上的颜色浓了，那是蝶在偷懒；地上的阳光没了，那是云在偷懒；夜里的睡眠稳了，那是梦在偷懒。

我也有过一次美丽的偷懒。

那一年和一伙人去爬山，爬到一半的时候，我便有些累，就和别人说，自己在这儿歇会儿，一会儿赶上去。大部队过去后，我坐在路边，山林静了下来，便听到一阵潺潺的水声和清脆的鸟鸣。于是循声而去，穿过一片密林，那边有条小溪从山上淌下来，两旁的树上全是不知名的鸟儿，水极清澈，有很细小的鱼在嬉戏。我坐在临水的石头上，直到听到他们从山上下来。虽没到山顶，却没有遗憾。

便想起一个文友，她曾讲过一件事。她原来一直很努力地上班，在单位里有着每天写不完的材料。她也经常偷懒，每当在电脑前写累了，就会拿出小剪刀，剪纸。这就是她偷懒时做的事。后来，剪纸剪得技艺高深了，她又在偷懒时研究纸雕，从看书到实践，从买器具材料到动手制作，她觉得只有在那样刻意营造出来的工作空隙里，兴趣爱好才得以蓬勃。让人没想到的是，在工作了十三年之后，她竟是辞了职，专门从事纸工艺，事业出乎意料地红火。她说，没想到在偷懒时做的事，竟然成了主业。

可见，偷懒也有可能是另一段美好行程的开始。就像我那次爬山的偷懒，虽没到峰顶，却领略到了另一种美。所以，偷懒不仅有着小情趣，更有着大境界。

偷懒是拥挤生活中的一种缓冲，是劳碌中的一点超然，是生命中的一处留白，在熙攘中就如一处小小的港湾，让心灵得以短暂的憩息，或给真正的爱好一点时间。当你善待偷懒的时刻，也许生命就不会那么累了，也许人生就会少了许多遗憾。

就像天空中游走的云的偷懒，会带来一阵清凉的雨；就像长夜里月亮的偷懒，会点亮璀璨的星光。偷懒的时刻，卸去所有的桎梏，心上的茧壳也剥落如花，是一个人最轻松的时刻，也是最接近生命本真的时刻。

偷懒从来都不是贬义词，那是最短暂最真实的幸福。

心动了吗？那就放下手头的事，发会儿呆，或者走出来，晒晒太阳，看看花草，听听风声。岁月静好，只有静了，才会好。

爱的时差

我不知道，这个世界上究竟有多少种爱，更不知道，那许多的爱在每个人心底蓄成怎样的一片海，可我却知道，有些爱是相互辉映的，我也知道，我们的心对于有些爱往往没有同步，当想同样去爱时，已黄昏日暮，云散天青。

比如亲情。多少那样的时刻，我们无法理解亲人的爱，甚至会觉得厌烦，那份爱总在历经时间与空间的阻隔之后，才会在心底伴着悔意汪洋恣肆。也有的时候，我们明明能感受到亲人的爱，却是让那份感受在日复一日的习惯中渐淡渐远，习惯了亲人的爱，便如身处温暖之中，天长日久，那份温暖已如体温，成为不在意的伴随。所以，有太多人在失去了那份爱后，便如失去了一件最暖的衣裳，苍凉入骨。

当我们想去爱时，想去像他们爱我们那样去爱时，他们已经远在天边，或远在岁月的彼端，或远在隔世。我们明白那份爱时，我们去爱时，他们已经没有了多少时间。甚至，当我们想去爱时，他们已经离去，我们的爱无法与他们的爱对接，空无所依。所以，我的一个朋友很认真地对我说："爱是有时差的，错过得太久，就成终生的遗憾。"所以有一天，他抑制不住心里的冲动，给千里之外的母亲打了个电话，也只是短短的三个字："我爱你！"

比如爱情。爱情里的时差，除却那些苦涩的暗恋或者多年心底的执着，并不是指开始的时间所差的多少，而是指两个人心中的爱所能坚持时间的多少。开始时彼此爱着，热烈而真诚，当激流消退，当平静的生活如缓缓的河流，那份爱还能走多久多远？爱情的奇妙在于初相遇时冥冥中的种种安排，也在于修成正果后的种种变数，更在于共度烟火人生中的种种感动。常常是两个人一见钟情，时间久了，其中一个人的爱便淡了，便散了，而另一个人却依然在爱着，爱到希望，爱到无望。这样的一个时差无奈且伤心，虽然依然在一起，心却渐行渐远。

之所以说爱情很奇妙，也是因为那种时差其实一直都存在。起初两人火热的时候，彼此燃烧的时刻，微小的时差便被湮没在海水里，湮没在火焰里。当平静平凡的生活莅临爱的巢屋，当海水与火焰化作云烟，那些微小的时差便渐渐放大。就像物理学中的两种波，频率的不同，波速的不同，从起初的短暂相融后，便差别越来越大，越来越远。其实，只要两个人精心地去调整爱的波段，就会同步，就会共振，就会一起传播下去，就不会再出现最后的一人继续一人消散。用爱来激起爱，爱的叠加，可以消弭所有的时差。

比如友情。友情是一种很广阔的爱，涵盖着世间太多的美好。和亲情爱情不同，友情也许不会有亲情里的欲爱而不待，也不会有爱情里的转身成陌路，有时就是走散了，也不会如何蚀心锥骨，只是淡淡的遗憾。而却常常在最艰难时，被忽略的朋友往往给你最真诚的帮助和最深沉的感动。友情不怕平淡如水，也不怕沧海桑田，所以友情没有时差，只要我们在任何的境遇之中一回首，那些人就在那里，对你微笑。

有多少的爱就在这样的时间差里逝去了，成为心底永不消散的遗憾和痛悔。有时候虽然知道许多，却常常给自己找了充足的理由，比如忙，比如不能两全，常常连我们自己都相信了。其实，是我们没到最后绝望的时刻，就无法去体会那份心境。就比如你看了这些文字，心有所感，想着给远方的亲人打个电话，可是当放下书，身边的琐事袭来，便不再想起。时间的差距，就是这样被一点一点放至无限的大。

就像我那个给母亲打电话的朋友，他说母亲听了他所说的后，告诉他，只要有他那三个字，便什么都够了。在母亲的心里，那一秒多钟的那一句“我爱你”，三个字便抵过了所有的岁月。即使没有那三个字，母亲也是幸福的，哪怕只听到我们淡淡的一句称呼。所以，在母亲的生命中，爱没有时差。

感动是心灵的涟漪

在各种故事层出不穷的今天，人们已经于越来越多的感动中，越来越不会感动。一时的流泪并不是感动，更可能是短暂的心绪感染，而感动却是有着长久的力量，让人回想间就会充满了心灵的震颤。

你会感动吗？这个问题一深思起来，会让人无由的惶恐。当我们奔走于世事的风雨之间，当我们的心在一次次的艰难中渐渐蒙尘起茧，该有多尖锐的力量才能刺透层层的伪装，直入心灵最深处，去感受那份温暖的疼痛。在这样的困囿之下，挡住了伤害，也挡住了美好。从而把心桎梏起来，看得见阳光，却感受不到热度。连笑都成为一种劳累，感动更是很遥远的事。更可怕的是，我们认为这是一种成熟，一种坚强，其实，一颗不再感动的心，会让生命越来越脆弱，越来越失去生机。

可是有太多的人也会说，我们很会感动，我们经常感动。这里就有了一个新的问题，你知道什么是真正的感动吗？人们往往会这样，对陌生人的些许帮助感念于心，却对亲人的关爱无动于衷；对身边人的点滴熟视无睹，却对电视剧里的虚幻情节而泪如泉涌。并不是说不可以那样，也不是说那不是一种感动，其实那种瞬间的触动，更多的时候只是我们于一种陌生的温暖中心生感激，或者心生共鸣。而真正的感动，是能于身边的琐碎中，就可以得到让心灵漾起涟漪的种种，不一定非要什么可歌可泣的事才能触动灵魂。

所以说，真正的感动，是能在真实的烟火人生中，撷取每一个心生温暖的片段，并能化作生命的力量。真正的感动，不仅能让心儿柔软如初，更能濯尽生命的尘埃，让希望生长得郁郁葱葱。

有许多感动并不是共通的，只有我们自己能感受到。就像在某个情境里，独对夕阳下的一棵树，便忽然心生感动。或者看到书中某句平常的话，便风起云涌。那是一种只自知的触动，就像灵魂瞬间与某些旧日的情绪相接，碰撞出久违的火花。有时，甚至只是那么一个情景，什么都没有触动，却直接印在了心上，让人刹那间柔软。这些可遇而不可求的感动，就像蝶翅上的风，虽短暂，却美入生命。

总觉得那种故意为之的感动，不停地讲着自己的遭遇，很是做作，且目的性极强；而那些假装感动的人，硬挤出的泪水，很是虚伪和肮脏。感动，总是要自然而然，只有心里有感，才会动情，才会落泪。

还有最后一个问题，你被自己感动过吗？有时候想想，感动别人容易，被别人感动也不难，可是，被自己感动，自己感动了自己，是很难的一件事。我曾认识一个女子，她在回忆往事时，竟是哭得不能自已，她说："我为那个时候的我而感动，我为那时我的傻和坚持而感动，如果重新来过，我还会那样的傻和坚持！"可是，我们回望前尘时，有没有被曾经的自己感动过？如果你感动了，说明那才是真正的无怨无悔。

感动自己，才能真正地感动别人。

如果心里充满了感动，为某一个，为每一个，在某一天，在每一天，那么，再长久的岁月，也是温暖的旅程；再残酷的世界，也是温柔着等待我们成熟的果园。

融化在幸福里的时间

当我们回首的时候，会发现，总有一些时间无声无息地消融于记忆里，仿佛只有那些幸福的事，时间的概念却已模糊。即使想到时光流逝，却毫无沧桑之感，就像那一片遥远伸手可及，一直在心底葱茏着。

比如我们的童年。那是最长的一段幸福吧，也是每个人的生命中最为难忘的经历。无忧的岁月伴着成长，纯澈的心灵追逐着洁白的最初，便绽放出太多简单而又深浓的幸福。那些时间，融化在我们奔跑的脚步里，也融化在亲人们年轻的笑颜里，即使永不再来，也是心底常驻的芳华。

童年，是我们最连贯的幸福时光，感受不到沧桑，身畔都是四时的美与暖。而以后的岁月，便开始风起雨落，开始有烦恼，开始有疲惫，成长猝不及防，以及长大后那些不被预料的种种，都把时间分割得支离破碎。那些散落的时光碎片，当回头拾起时，刻满着变迁。而那些寻不到的时间，都已融进点点滴滴的幸福里，无须去寻，只要回望时幸福，那些时间已悄然重现。

是的，除了童年，很难再有那么多连续的幸福，也很难再有那么长久的时间浸润进幸福的心境。于是那么漫长的人生旅途中，刹那的感动和偶尔的幸福，便更是弥足珍贵，把那短短的时间在心底延长成最美的回味。那些散碎的幸福，和幸福中蕴含着的时间，便汇集成生命中温暖的海，让我们能在日复一日地奔波劳碌中，有一个心灵的憩息之地。

比如我的一个朋友。他与我们正相反，他的童年，他并不认为是幸福的。的确，如果我如他一般，从小生活在高墙围绕的福利院，从不知亲情为何物；然后奔走于世间各地，却从不知家乡为何物，那么，我也会觉得没有童年。那一段我们认为幸福的最长时光，对于他来说，却成了心里不可碰触的疼痛。那些时间没有融化，也没有消散，很有可能成了他心底横亘着的冰冷。可是，现在，我们看不到他的冷，却有着一种直入心灵的暖。

他说，他也有幸福，虽然缺失了那么多岁月，可是，就像在寒冷里停留得久了的人，会对温暖有着更敏锐的感知。所以，幸福来了，他会觉得更珍贵，更感动；所以，那些即使短暂的幸福，在他心底，也能氤氲很长的日子；所以，那些时间融化成暖流，早把童年的冰也融化成一脉清清的眷恋。更去珍惜的幸福，会把很短的时间成为一种永恒，从而把所有的苍凉都焐热。

其实有的时候，我们并没有感觉到幸福。可是，当多年以后回忆，会发现某一段时间浸润着感动，那份感动是在回望时才漫流过心上的幸福。所以，那些不知不觉间融化的时间，一直在记录着我们的点滴幸福，在某一天，为我们献上一份不期然的感动。

有时候，我们分不清是时间融化在幸福里，还是幸福融化在时间里，它们就这样水乳交融，把一段生命的历程，或琐碎的生活片段，变得生动无比。虽然风雨的日子依然那么多，虽然曲折坎坷总会出现，可是有了那些被时间悄然酿造的幸福，心中的希望便生生不息。

时间融化在幸福里，幸福融化在生命里，那些走过的路，开满了鲜花，那些深深的脚窝，盛满了无悔的歌声。那么，就珍惜着身边的感动，珍藏着琐碎的光阴，即使长路长夜，即使风尘漫漶，也总会觉得幸福。幸福就在时间里，就在心里，静静地开放，洇染着我们的生活。

可曾眷恋

眷恋，世间最动人的情感，眷眷地留恋，所有的美好心绪都找到了依托。每一个人都会有自己眷恋的所在，在这繁碌的世间，那便是一片只供心灵徜徉的乐土，也是无边无际的奔走中难得的憩息之地。

可是，许多人，都是在离开或者失去之后，才会眷恋。身处其中，却是茫然惘然，无知无觉，及至走过之后，回望，才会觉得有着当初没有感受到的美好，才会涌起怀念。所以更多的时候，我们的眷恋都是伴随着遗憾。时间久了，遗憾淡去，只留下最真诚的想念。可是不管怎样，只要心中还有眷恋的人，就没有在世事的风尘中完全麻木。

一次在朋友聚会中，有人介绍一个女子，一看之下，居然很有些面熟。忽然想起，她曾经在公交车上当过售票员。那时候，还是那种很小的不是投币的公交车，每天，那些售票员都很辛苦地在车上拥挤着，其中就有她的身影。提起往事，问她那时是不是很累很烦，她却说，觉得那时特别充实，每天看着人来人往，或者看车窗外熟悉得不能再熟悉的街景，心里却是满满的欢欣。最后她还说，那些都与累不累挣钱多少无关。

也许，她的眷恋，更比我多了一份无悔，少了一份遗憾。想想我们自己，在身处某些境遇中时，可曾眷恋？我们更多的心情，却是烦恼、厌倦、疲惫、麻木，随波逐流，只是等着离开，或者是等着岁月把这一切变成美好的回忆。

所眷恋的在别人眼中不一定是美好的。有人会对故地的一棵柳树悠然神飞，有人会对山谷中一株未名的花儿念念不忘，也有人会对一段黯淡的际遇而时时心动，那都是属于自己的心绪，所眷所恋着的，只要曾经生长过刻骨铭心的故事，只要曾经留下过真实的感动，只要曾经走进过我们的眼中心底，那么，那就是我们心中的胜境，就是最美好的生活。

是啊，那么多的时候，我们都是在抱怨，抱怨自己的处境，抱怨自己的生活，似乎没有可以怡然的种种，哪能生起眷恋之心。然而就是这样的生活，却往往成为多年后时常梦回的记忆。那么缺少的，可能只是一颗感动的心，不管怎样的际遇，总会有让我们感动的点滴片段，如暗夜之星，闪烁着无尽的然冀。

所眷恋的也不一定是我们心中所热爱的。轰轰烈烈的梦想中的生活，固然会让我们豪情万丈，可是更多的人，也许终其一生也不会过上梦想中的生活，所遭遇的，都是不被预料的种种。就像当年的我一样，从大学中走出，也曾踌躇满志，却是一再地跌落。后来在电厂里开始无休止地倒班，黑夜和白昼交替着我的生活，每次上班，或清晨，或傍晚，或深夜，走在路上，心中都有着无奈与无力。这样的生活，会让我心生眷恋吗？

忽然想起，那个当过公交车售票员的女子，曾经说过一句话，我不热爱那份工作，可是我喜欢那份工作伴随过的生活。或许，我们常常混淆了生活与工作的概念，所以，觉得身畔没有可恋之事。其实，工作也只是生活的极小一部分，生活的广阔，总会有让我们流连之处。多年以后，我早已不在电厂里倒班，可是果然，心中竟生眷恋，非是为那份工作，而是为那段时光，那段生活。

所眷恋的也不一定非要长久拥有。有一个朋友，从小就痴迷于下象棋，也表现出了过人的天分。少年时有幸被明师看中，进了省棋院，成为专业棋手，她付出了那么多年的努力和汗水，也赢得了许多的荣誉。可是，正当别人都看好她，期望她创造更大的辉煌时，她却突然宣布退役，再也不会参加各种比赛。她说，我宁愿在以后一直一直地想念，也不要在日复一日地训练与比赛中，消磨掉那份热爱。

也许，对于所钟爱的事物，戛然而止，却是更长久的眷恋。

你可曾眷恋，对正在身畔消逝着的生活?

所以，我们眷恋，眷恋着过去，也眷恋着现在。而当无数个现在成为过去，两种眷恋的叠加，就是生命中最怡然的回味。珍惜眼前当下，就是最美的眷恋。

一窗流年

更多的时候，我更喜欢独处，不是在春郊夏野，不是在水畔山间，只是一个小小的房间就好。也许身在角落，心才会更无际无涯。四壁有书才好，被书们簇拥着，期待着，会有着一种幸福感、满足感。必不可少的，一定要有一扇窗，不管多小，只要能纳一庭风月，只要能让目光和心情自由飞出，就好。

红尘里，我也拥有着一扇小窗。常常坐在窗前看书，也不必多专心，一片友好的阳光，一缕调皮的风，一朵摇曳的花，一串垂落的鸟鸣，一只路过的蝴蝶，都可以把我的目光牵引出去，然后便邂逅许多忘情的种种。墙角的一株青草，天空的一朵闲云，或者春暮飞花，秋深落叶，都让我的思绪进入到很远很远的一种境界中去。待得回过神，书已被清风翻乱，有时候也不去找看到哪里，随意一页继续看起，那些缺失的情节，都已被刚才失神的时光填补。

我总是想，如果窗前能有数竿翠竹，该是增添了多少清幽之气。或者是窗外一棵高高的柳，夏天里倾听知了的声音。最好是在如染的夏夜里，萤火虫点缀着小窗。只是身在这极北之地，此生还从未见过活的竹子，也没有见过萤火虫。知了倒是在异地他乡相逢过，也许匆匆聚散，还并未感受到它们的聒噪。这些美好的，我都没有。或许正是因为我没有，才会觉得它们美好。

于是总是想起《红楼梦》里的一个片段，大观园初成，贾政带着一些清客相公连同宝玉游园，待到得潇湘馆，便看到一带粉垣，数楹修舍，千百竿翠竹遮映。

贾政见此情景，便说，若能月夜坐此窗下读书，不枉虚生一世。每每看到此处，都对政老这句话深有同感。那样的情境之中，即使不读书，哪怕倚窗发呆，也是美好至极。

我也经常倚窗发呆。就像发呆的时候，似想非想，身在神飞，很奇妙的一种状态。比如冬天的时候，小窗紧闭，外面大雪飘飞。于是便抛了书，支颐而坐，看着漫天的雪舞，然后，便把目光锁定一片雪花，看它从高处不规则地飘落，看它中途与别的雪花相撞，看它投入大地的怀里，再然后，神思就恍惚起来，飞雪就隐约成了一种背景。

从发呆的天地中回还，雪势未减，依然万蝶扑窗。便忽然想到，虽然我的窗外没有翠竹，没有萤火虫点亮星光，没有高柳鸣蝉，却有无边无际的雪花。想必这些，也是遥远的南方难得一见的吧？也是他们心中觉得美好的吧？看来造物还是公平的，看来红尘里随处的一扇窗，都有着只属于它自己的美好。

而且发呆不分季节晨昏，也无法预约，可遇不可求，总是在某个瞬间突然而至。就像那些清风，那轮明月，总是不邀而自至。一直想在墙上挂一副对联，就写：不请自来风做客，难能可贵月为邻。虽然是我胡乱自诌的句子，却很喜欢，只是自己毛笔字的水平实在不堪，虽然小屋甚少访客，终究是不雅，所以，这副对子至今仍挂在我的心里。

我的小窗从不挂窗帘，所以一些事物可以随意来访。风是常客，而且登堂入室无拘无束，久了我便不怎么留意它，除非它弄乱了案上的稿纸。雨可以在窗外流连，偶尔的几滴尚还可以让它进来，雪虽然美，却是无缘窗内，只好在外面的寒冷里表演。风雨雪都是近得可以一拥入怀，而月却孤高出尘，且不时时处处，只在某些个晴好的夜里，在天上行走到一个位置，才会从窗口窥视未眠之人。月亮很远，月光很近，就像人很远，心很近。所以，无论月亮还是月光，都真的是难能可贵的偶尔芳邻。

喜欢每一个清晨，或晴或雨，或暖或寒，或霜或雪，都是小窗的装饰，从迷梦里走出来的我，张开眼睛，便能相遇一个美好的开始。

燃 烧

燃烧并不是一件生生不息的事，即使再漫长的时间，它也是消耗着，走向毁灭与黑暗。或许我们可以把燃烧注释成一种反抗，对黑暗和寒冷的阻挡，就是燃烧的意义所在。

可是在我们的经历中，在我们的生命里，许多的燃烧却是形形色色，常常让我们于不知不觉中，灿烂或沉沦。

有一种燃烧迅速而猛烈，就像流星划过夜空，摇曳最炫目的光芒，转瞬即逝。有多少人在那个刹那间，引燃了自己，只为给别人照亮一个方向。又有多少人在那个刹那间，炽烈奔放，只为证明自己存在过。

有一种燃烧缓慢而执着，如银烛吐焰，用微小的光和热，努力去照亮一方黑暗。默默地奉献所有的能量，直到生命的尽头，脸上最后的微笑，就是人们眼中的最暖。最平凡的燃烧，却是最伟大的情怀。

并不是所有的燃烧都会散发光和热，我看过一种暗火，在极隐蔽极幽暗处，在腐叶深处，一点火焰，不熄灭也不旺盛，极缓极慢，到得最终，无声无息地一切都结束了。许多人就这样毫无知觉地用枯寂的燃烧消耗着本不丰盈的生命，不明亮，也不温暖，然后不留下任何痕迹。

有的时候，我们需要一种外来的感动来点燃内心的希望，哪怕一束鼓励的目光，哪怕一句温暖的话语，都会让深藏的热情熊熊而起，让生命充满了激情和力量。这样的燃烧，才是让梦想蓬勃的动力。其实在我们的心底，总会不经意被引起一股火焰，或怒火，或欲火，所以，我们要用最理智的冰去熄灭那些负面的火。

有的人，就算不能点燃自己，也要点燃他人的希望，在别人的火光里，温暖自己的梦想；而有的人，就算不能燃烧自己，也要引燃他人心里的火药，看着别人在烈焰中毁灭，获得一种不真实的快感。

在秋天的田野里，那些枯草的燃烧并不是无奈地结束，而是为了使这片土地更肥沃，让生命更好地延续；在深夜的路途中，一盏灯的燃烧并不是醒着的孤独，而是为了给远方的行人一个指引，虽然它淡若流萤。

而有一种冰冷的燃烧，就像舞台上的冷焰火般，看得见光芒与灿烂，却感受不到怡人的温度。太多的人都是如此，他们燃烧，他们灿烂，他们辉煌，但他们却冷漠，却寂寞，却不动人。燃烧的意义除了指引方向照亮自己，更重要的，是还要照亮他人，温暖他人。

无法燃烧成炽烈恒久的太阳，那就燃烧成夜里清醒着的蜡烛；无法燃烧成瞬间的光芒四射，那就燃烧成日复一日不灭的坚持；无法燃烧成他人眼中的辉煌，那就燃烧成自己生命中的温暖。

真正的燃烧，并不是消耗生命，而是在为生活增温增亮，并能用自己的微笑，去点燃世间所有的美好，这才是最美的燃烧，最美的意义。

凝望一棵树

开始的时候，我并没有注意到那棵树，直到有一天，我倚在窗前，看云，从这个角度看过去，一朵云就像挂在它的枝上。于是云走了，眼睛里只剩下了树。

那是一棵李子树，并不高大，却枝丫纵横，很繁茂。以前也曾短暂地为它把目光停留，那是在夏初，它开花的时候。从它旁边路过，那一树花朵撞在晚风上的声音，便羁绊住了我的脚步。很密集的白花，有的成团成簇，细细的长蕊顶着点点金黄，在斜阳里微微颤抖成一幅很静美的画面。后来，花儿渐稀直到消失，而那一树青青的叶子，就再也牵挽不住路人的目光。

从我的窗口到它，是一段刚刚好的距离。没有很近的逼仄感，又没有很远的朦胧感，它以一个恰到好处的身姿走进我的眼睛。我也曾很近很近地看过它，当局部放大成整个视野，一些所不愿意见到的，便成了主角，比如果实上的那些虫子。这是一棵被人们抛弃的树，即使果实成熟的时候，也不能吸引人们的注意力。也许人们知道那是虫子的世界，所以都避而远之，或者视而不见。

忽然想起，爷爷就喜欢很近地看树。那棵高大古老的杨树，站在我家的田畔，爷爷在田地里干活累了，就走进它的荫凉。爷爷和别人不一样，他面对着树坐下，坐得很近。头顶茂密的枝叶抓住路过的风，爷爷就用草帽接住从枝叶间落下来的丝丝缕缕的风，再挥扬到满脸的汗水上。然后他卷一支很粗的旱烟，点燃，便在烟雾缭绕中，看那树干。

我也曾蹲在爷爷身边，顺着他的目光去看树干。树干上的树皮已经干裂，并不平整，条条沟壑，像爷爷脸上的皱纹，也像大地上的田垄。偶尔一只蚂蚁悠悠地爬上来，翻山越岭般转了一圈，又回到地面。除此，我再没看出什么。而爷爷似乎看得很入神，就像看到了树干里的那些年轮，看到年轮里轮回着的不知几多的岁月。

而我看那棵李子树，却是闲时无心无意。我并看不出什么境界来，只觉得那一簇绿色，是可以放牧目光的草原。有时捡拾到从密叶间坠落的啼鸣，才知道里面藏着一只鸟。或者风从它身体里挤过来，或者云从它头顶爬过去，才会有着片刻的灵动和生动。除此之外，是无边无际的寂静和寂寞。窗外的树，窗内的我，都是如此。

可是我并没有觉得李子树是我的一种相伴，目光离开了，心也就离开了，从来都是可有可无的存在。或许只是我的一种习惯，累了倦了，倚在窗前，恰好它也在，仅此而已。

田边的那棵老杨树，终于被村人砍倒了。爷爷便再也不去那里坐着歇息纳凉，而是与别的老人坐在一起，抽烟，说一些村庄里古老的话题。我倒是跑到老杨树那里去看了几次，只余很粗的树根，一圈圈的年轮，每次数的数目都不一样。一直以为树虽然古老，却依然比爷爷年轻，因为树还可以活很多很多年。只是，它已经死了。少了一棵树和爷爷的田畔，仿佛天地都空旷了好多。那个时候，我没有注意爷爷的眼中有没有失落，只知道，爷爷再也不去那样地看别的树了。

可我的心里却是有着失落的。当小区的空地重新规划后，当那棵李子树被砍倒之后。本来觉得可有可无的一棵树，在我倚窗而望的时候，目光却失去了依托。也许只有我还记得它，这棵本被人们抛弃的树，再过些时日，如果我对别人说这里曾有过一棵树，他们可能会很惊讶。

然后明白，当我的目光在它的枝叶间穿插的时候，其实，心也是在那里的。并不全是习惯使然，习惯只会有着短暂的不适应，却不会有着这种长久的怀念。倚窗而望，那个方向，那个距离，空空阔阔，路过的风有时也会盘旋一下，似乎也在寻找。就像我的目光，我的心情，也会在那里停留、流连、想念。

原来，曾经的李子树，确实是我的一种相伴。在寂寞的时候，在无言的相对间，各自神飞。

睡着了

十年前的时候，我给小学生讲作文，让他们描述一下各种禽畜睡觉的样子。结果，他们很是发挥了想象力，发言也很积极，我很无奈地看着口头作文成了童话比赛。

城里的孩子很难见到乡间的鸡鸭鹅狗猪，即使见到，也是匆匆一过，无暇细看。而现在乡下的孩子，虽然不太可能像我当年那般仔细观察，但日日熟视，想必还是能说出一二来。而在我的心里，那是曾经多么有趣的事，即使多年后回忆，也会美好唤醒美好。

春日的午后，鸡们会跳上窗台，迎着暖暖的阳光小睡。我经常隔着一层玻璃看着它们，它们睡态各异，有的单足独立，把头颈歪着插进翅膀根部的羽毛里；有的伏卧在那儿，脖子缩回，闭着眼，薄薄的眼皮像一层浅白的膜；有的蹲着，却睡得并不深沉，偶尔张开眼睛，与窗内的我对视一眼。有时我一敲玻璃，它们便全都豁然而醒，惊慌四顾，然后叫着飞跳下去。

盛夏的白天，花狗总是躲在门后或墙角的阴影里，像是假寐。阳光在不远处大朵大朵地洒落，它的尾尖偶尔轻摇，耳朵却经常抖动或竖起。与慵懒的同伴比起，花狗一直都是精神的。一有动静，便翻身而起，睡意全无。

猪们却是最惬意无忧的，或者卧在自己拱出来的土坑里，或者倒在圈里的干草上，全无形象，鼾声如雷，偶尔似乎是做了吃东西的梦，嘴巴不住地咀嚼出声。它们睡得不管不顾，有不肯午睡的鸡从它身上走过，也毫无反应，甚至有时我踢它两脚，它也只是哼哼几声，睡姿依然。

邻家的马站着睡觉，后来我发现，村里所有的马都站着睡觉。据说马躺下的时候，不是病了，就是死了。邻家白马睡觉的时候，头只是略略低下些，大大的眼睛闭着，一动不动。有时尾巴会甩几下，有时身上的皮肤突然快速地抽搐一下，以驱赶落在身上的蚊虫。马睡得很短，而且可以随时醒来干活，似乎看不出它们的疲累，任劳任怨。

其实我更喜欢檐下的燕子，夜里，梦呓般的呢喃便垂落在我的枕畔。我只是在最热的午后，才能看到它们在巢里的睡姿，也只能看见小半身，闭目偏头，安静而安详。

我曾经的家园，因为有了它们，而增趣生姿。离开故乡三十多年，在钢筋水泥的城市里，带着泥土气息的一切飘摇远去，也再没有闲情去看一个小精灵的午睡，眼中所见，都是让人烦恼的种种。城市的生活，就像睡着了，一场梦游，却往往多是噩梦。

失去了土地的怀抱，许多的憧憬就枯萎了，再繁复绚烂的想象，也难以掩盖那份苍凉。心灵就像是睡着了，再难感受到那份本真的美与好。

无 梦

以前不相信，后来才知道，这个世界上真的有从没做过梦的人。那时认识一个远房婶子，她就说自己没做过梦，听别人讲昨晚做了什么什么梦，她都是很好奇，然后是一脸的不相信，很难理解一个人在睡觉的时候，怎么会出现那么多意想不到的情节。

后来看专业书上说，每个人都会做梦的，那些声称从没做过梦的人，只是醒来后就忘了而已。我想，忘了的梦，便永远不会想起，就当成一直没有吧。都说没有做过梦的人是不幸的，其实，那又何尝不是一种幸运呢？虽然少了美梦的那种回味，虽然少了噩梦醒来后的那种庆幸，却可以用深深的睡眠把梦覆盖。

其实再美的梦，我们也终会遗忘掉，和那些说没做过梦的人相比，只是一个时间长短的问题。夜是梦的土壤，那些生长出来的梦之花，有的人是走出黑夜，它们就在身后凋零，有的人则是要回望好久，才渐远渐无。

除了少数没做过梦的人，我们无梦的时候，不是沉睡，就是失眠。可能很少人能经常有那样沉睡的夜，很深很沉的睡眠，别说是梦，任何感知都没有，任闹铃响过三番五次，都难唤醒。而醒来后，世界扑面而来，却似和以往有了不同，而且神完气足，心情舒畅。以往忙碌了一天，各种琐碎的事塞满了脑袋，想着夜晚躲进睡眠里，却又被不请自来的梦折磨得无处可逃。所以，当有了那样一次无梦的沉睡，才会觉得状态的不一样。这是对比来的，如果和我那远房婶子说这些，她依然会不理解，因为每一夜都无梦，便没有了忽然之间改变的幸福。倒是某一天如果她忽然做了个梦，而且记住了，也许会幸福得发晕吧！

而我们最常经历的无梦，就是失眠的时候了。或者伤心难过，或者愤怒失意，或者兴奋过度，又或者什么原因都没有，就是睡不着。睡意如夜里游着的鱼，越是想要抓住它，它就游得越快，人就越精神。于是睡意溜走了，梦的大门便也关闭了。

每个人都有过失眠的时候吧，每个人失眠时的感觉也各不一样。我觉得最难熬的失眠，就是明明很困，不用去抓睡意，睡意就已经把人包围，可是，却总不能把心拉进沉眠里，拉进梦里。所以，不仅要受心情的折磨，还要经受困的折磨。我多年前总有那样的时候，那样的夜很让人抓狂，有时候我会气得不停地用拳头砸墙。很困很困，哪怕睡着了，做最骇人的噩梦都行。

失眠的痛苦就在于此，想求一个噩梦都不可得。所以，无梦的状态，还是折磨人的时候更多。就像一个人一辈子没什么奔头，没什么心思，估计也会是一种折磨吧？

夜里可以无梦，生活中却不能无梦。

有的人一生无欲无求，这并不是无梦，这种淡泊的状态本身就是一种梦想。生活的无梦，是丧失了希望，迷失了前路，丢失了梦想，久而久之意成为一种常态。于是自己可能并没有觉得这是一种折磨，其实这是一种麻木。麻木，才是最大的折磨。

生活中的美梦是我们自己去构建，可以选择；而噩梦，往往是生活强加于我们，没有选择。生活中的噩梦也并非可以笼罩所有的日子，是梦就会醒来，也没有过不去的磨难。

生活不能总是遗忘，也不能总是沉睡，更不能经常失眠，所以，有梦，才是生活的常态，哪怕是噩梦。

或许，无梦也是一种境界，却非凡人所能及。所以，还是有梦吧，有着希望，有着回味，有着醒来后慨叹幸好是一场梦的幸运感，多好！

会心，在心里相会

有会于心，便如风展水面，刹那间的感动清澈而温暖。在会心的时刻，生命便剥离了种种欲望和伪装，回归最初的本真与美好。

会心是一种领悟。有时候，我们会突然从别人的一句话或者一个动作中，瞬间明白了一些东西，会觉得豁然开朗。就像洞开了一扇门，窥见了一个明媚的世界。仿佛当年佛祖在灵山之上，手拈一朵金婆罗花而无言，大众茫然，只有迦叶尊者轻轻展颜一笑。于是佛祖便把禅宗的衣钵传给了迦叶，就因为这一份领悟。

拈花微笑，你拈花，我微笑，在我们的尘世里，如此无言而心有所会、心有所得的瞬间，应该是最动人的吧，那一朵花，那一朵微笑，同样芬芳洇染。

甚至面对一种情景，也会心有所动。就像你面对大海，面对草原，面对沙漠，或者你登上峰顶，穿越森林，涉过河流，会顿觉胸襟开阔，心生欢喜。似乎悟到了什么，却又道不分明，平日里琐碎着纠缠你的种种，全都随长风流散。多好，这样的心情，濯洗着我们心上的尘埃。

会心是一种懂得。都有过那样的时候，许多人在一起说话，某个人说出一句让大家不明所以的，只有你听懂了。或者是某人说了一句不相干的，你却知道了他所有的意思。就像在两心之间，在那样的时候，悄悄地架设起来一座奇妙的桥梁。

不求你长长久久时时事事地理解我，只要你能在某时某刻，懂我心中所思所想，就足够了。

有时候也会懂得一棵树的坚持，一株草的执着，或者一只归雁的情思。当王维于山谷中邂逅一丛幽花，他便懂得了花的一生。“木末芙蓉花，山中发红萼。涧户寂无人，纷纷开且落。”这样的会心，来源于一种触动，一种与自身经历相关的共鸣。

懂得比领悟更多了一份温暖，领悟是心领，而懂得还须神会。心领神会，才是与人与万物相知的途径。

会心是一种默契。非常喜欢也非常感动于那样的时候，与好友闲聊，或者探讨问题，总是不约而同地说出同一句，或者表达出同一种观点或者心情。那种感觉就像，在世间孤独奔走了许久之后，忽然发现有人同自己一样，然后感叹，心有灵犀而吾道不孤。

这样的会心，不是两个人之间的一感一应，而是两颗心共同生发出来的同一种感受，便一下子融汇成无边无际的美好。在红尘中，在人海里，遥遥相对，相视一笑，所有的一切便都尽在无言中。

遥远的当年，李清照和赵明诚，志趣相投，才情相若，两个人平日里读书交流，必定是心与心依存，有一种超然，一种悠然。至于两人博闻强识，赌书泼茶，那种会心，让多少人思之而神飞，念之而流连。

所以说，会心的时刻可遇而不可求，而会心的人，难求更难遇。所以遇见了，才会有着“除却巫山不是云”的感叹。

会心，是在心里与另一颗心相会，那一份欣喜就如挡不住的春苗破土，自然而然。心的距离能打破空间的辽远，所以，会心，更是一生中最值得珍惜和眷恋的情愫。

思绪的流萤

一

有个人，去过很多地方，包括国外的，而且乐此不疲。当有人问起他，每个地方有什么难忘的，或者有什么触动心怀的，他就会很茫然。回想起来，除了那无数张照片，似乎并没有留下什么。

也有个人，几乎都没有出过省，就是省内的地方，也去过的有限。可是，如果要是有人和他闲聊，会发现，他就像不只读过万卷书，还行过万里路。对于某些地方，虽没去过，却能说出让人心动的东西来。

走过的路，真的不能代表你的格局有多大。有的人，虽然行遍天下，却依然桎梏于方寸之间；而有的人，虽然足不出户，却已经心怀天下。

二

在每一条路上，都有人在走。有人走得快，有人走得慢。有人半途而废，有人抵达终点。有人偏离了方向而不自知，在歧路上越走越远；有人却茫然不知所之，走到哪里算哪里。

如果说梦想是我们的归宿，又有几个真正抵达了那个心心念念的家园？于是都觉得很遥远，遥远得稍一松懈，便丧失了勇气。或者走着走着，便模糊了梦想与欲望的区别，追逐之中还以为是执着。

其实，并不是因慢而远，也不是因距离而远，而是因为方向的选择，终点才会变得遥远。

三

一个人偶然讲起，说是人到中年，性格磨灭，仿佛岁月的潮流冲平了许多棱角。他回忆起少年时，年轻时，义无反顾地去爱，义无反顾地去恨，义无反顾地去选择想要的。而渐渐地，在世事的风尘中，心里的那把火就熄灭了，在世态的炎凉里，心中的热血也冷却了。日复一日地辗转奔劳，许多东西渐行渐远，再也没有了曾经的敢爱敢恨，想来不胜唏嘘，也倍觉悲凉。

而一个旁听者，却也想起了自己的半生。他从小就稳重内向，谨小慎微，总是压制着冲动，谋定而后动，或者没有十分把握，就避而远之。所以从小到大，无惊喜也无挫折，无功亦无过，仿佛从从容容，风平浪静。有时候他会安慰自己，平平淡淡才是生命的本真，是一种境界，有时沾沾自喜之余，却会莫名其妙地涌起一丝失落。

这两个人，到底是谁幸谁不幸？或者说幸与不幸太过，到底是谁悲谁喜？我总是觉得，没有过冲动，没有过义无反顾，没有过碰壁，那还叫什么生活？

四

每个人的一生中，都要哭过无数次。那些泪水，悲伤的、喜悦的、感动的、委屈的，总是因为一些人，或一些事。而又有多少次，我们是为自己而哭呢？为自己而哭，不是为自己的遭际，不是为自己的不幸，不是为自己的某些心情、某些经历，就是单纯地为自己。你有没有过那样的时刻？莫名其妙地就落泪了，又找不到具体的原因，也没有悲喜之情，而泪水却不期而至。也许那并不能称为哭。哭，总是要带着某种情绪的，而彼时的泪水，却清如山泉。

那些落在自己心上的泪，才能洗去生命的尘埃，和许多的苍凉。

五

人在非病理性的失眠时，一般会想两方面的事。一个是焦躁着的困扰着的事，一个是兴奋着的幸福着的事。一种是因心情不好而失眠，一种是因心情太好而失眠。

可有时候，却是那种没有原因的失眠，因为睡不着，才会想起许多事。那些事与悲喜无关，或是很久远的早已蒙尘的，或是憧憬中的理想的，或者天马行空，情节并不连贯，许多念头生生灭灭，此起彼伏。不过却有着一个共同的特点，轻松，自由，就像儿时那种无忧的心绪。

所以，我喜欢这样的失眠。

六

少年的时候，家在乡下，看着满院的禽畜，有时会为它们的命运悲伤。可是，鸡们依然欢快着觅食高唱，猪们依然无忧地酣眠，大鹅依然优雅地漫步，鸭子依然不住地大笑。我会想，如果它们知道自己的命运，还会如此悠然自得吗？

假如世上真有算命极准的人，我估计许多人不会去算，未来的事事都了如指掌，那会是怎样的心情？有时候，这样的无知，反而是幸福的。

正因为无知，我们才会快乐，更重要的，我们才会有梦想和希望。

无事忙

其实现在许多人都是这种状态，每一天忙忙碌碌，可是晚上躺在床上一回想，却又似乎没做什么事，仿佛白日里那些琐碎着的，都是无关紧要或者并不必要的种种。于是一天天这样过去，并没有充实的感觉，反而疲累至极。

所以，除了时间紧迫之外，和无所事事并没有太大区别。而自己想做的事，心里最初的那个梦想，早被这些不知所谓的忙碌挤得烟消云散。或许有人会说，可能是为了生活，而去忙那些并不喜欢的事。其实抛去生存的那方面，就算我们不再为生存不再为生活而发愁的时候，也还是会为一些汹涌而来的事浪费掉一整天的时光。

《红楼梦》里，大观园诸芳结海棠诗社，各起雅号，宝钗给宝玉起了个“富贵闲人”，说天下难得的是富贵，又难得是闲散，这两样宝玉却兼有了。按理说，富贵闲人，便应无事了吧，可是，他的事却着实不少。每日里忙得不亦乐乎，所以，宝钗又给他起了个“无事忙”的外号，真是贴切无比。可能许多人会羡慕宝玉的这种生活状态，无忧无虑，万事随心。其实细想起来，他被困囿在大观园里，几乎与世隔绝，每日里除了饮酒赋诗，寻欢作乐，便没有更自由的生活，也许更像金笼中的鸟儿，即使歌唱也是苍白的。

在我们身边，这种富贵闲人更是不少，由于衣食无忧，又无工作可做，每天都是自由随意。可是他们并不闲，一样忙得没有时间，而这样没有目的的忙，或者没有坚持的忙，便如杂草丛生，不知不觉就荒芜了光阴。

无事忙和有事忙的区别，就是前者看似忙着万事实则空无一事，而后者却只是为了一事而坚持而执着。前者忙过之后，可能会涌起一种无力的空虚感，而后者却于汗水疲惫之中，有着一种愉悦和充实。而且，无事忙的，是真的觉得自己很忙，而有事忙的，由于长年的坚守如一，所忙之事已成为生活甚至生命的一部分，所以反而不太觉得自己很忙。

我也偶尔会有那样的时候。比如某天要给自己放个假，可以不看书不写字，换一种生活状态。于是走出房子，访友、闲逛、喝酒、空谈，竟也是不得闲暇。也许这就是无事忙的状态，只是短短的一天，并没有深切的体会。只是一假想，如果日日是这种状态，便觉得不寒而栗。所以，还是更热爱现在的生活一些，毕竟有事可做，可忙，心灵还有个寄托。

但这并不说明我不想做个富贵闲人，有谁不想做呢？没有了生活方面的后顾之忧，可以专心做自己想做的事，多好！只是，也许到了那个时候，没有了某种压力，也许心就散了，飞了，便不知不觉地把梦想丢了，便顺其自然地成了无事忙。不过那还是很遥远的事，也许我一辈子也成不了富贵闲人，且把那个当成一个目标，这样，忙起来也有个方向。

于是这样一想，便觉得，无事忙，也是要有条件的，就算不是富贵闲人，也得有着高收入，或者有自己的生意，至少也要有一个旱涝保收的单位。像我这样，一样都不占的，想这些就是杞人忧天。所以，不管有事也好，无事也罢，我还是忙我的去吧！

饥饿的烙印

其实我这一代人，还是没经历过什么挨饿的年代，现在的孩子，对于饥饿也只停留在吃饭晚了时的一种生理感觉。而我的祖父辈还有父辈们，却都曾经走过饥荒岁月，那份感受已在他们心上烙下了不可磨灭的印记。

其实饥与饿还是有区别的，饥是更大程度的饿，这是对单个人来说。而往大了说，有死者曰大饥，无死者曰大饿。饥饿是我们每一天都会体会到的一种感受，特别是经历加班或者忙得不可开交，饥饿感便会如影随形。想起上学时，那时可能年轻代谢快，不管吃得多饱，上过两堂课后，就会觉得饿得不行。不过，那样的饥饿是一种常态，并不会给我们留下什么深刻的印象。可是，一生之中，也总会有几次刻骨铭心的饥饿吧，让我们回想起来时，感触颇多。

父辈们的灾难就不再去提，那些艰难的岁月，已然是他们生命中不可消散的过往。想起小时候，家在农村，邻家老奶奶就是被饿怕了的。她几乎每天都要去仓房看看，看还有多少存粮。那时乡下冬天每家都吃两顿饭，只有邻家是三顿，那老奶奶必须一顿饭不能少。后来才知道，她年轻时，家里曾饿死了好几口人。

少年时有过一次挨饿的经历。那是一次意外，和几个伙伴拿着棍棒在秋天的下午去打狼，结果走进了大草甸的极深远处。当夜幕垂下，我们在高高的茂草中迷失了方向，由于六七个人同行，并没有太害怕的感觉。而饥饿却让我们心慌意乱，月亮高高，我们不得不向着村庄的大体方向走。走到最后，远处也没见到灯火，饿得更是无力，幸好两个大些的孩子摸黑在甸子里采摘一种叫黑悠悠的小果子，可是狼多肉少，越吃越饿。后来在草甸的边缘，看见一片未收割的玉米地。我们冲过去，掰了好多玉米棒子，因为有人身上带着火柴，便找来了柴火，在地上挖个坑，开始烧玉米。最后，半生的不熟的时候，便已被我们抢食而光。

现在回想，那次挨饿也并不是多严重，也就七八个小时没吃东西。而年轻时有一年冬天，却是一天两夜水米没打牙，饿得前腔贴后背。那次也是和几个朋友驾车去远游，由于太仓促，食物准备得少。结果一场突如其来的大风雪，使得我们半路抛锚。到最后，在荒郊野外于饥饿中度过，因为那时甚至连只青蛙都逮不到。当时就像有一只手在胃里来回地搅动，只要想起和吃有关的，便觉得天翻地覆。想用睡觉来忘掉饥饿，脑海中全是山珍海味，不停地勾引着胃里的那只手。第二天上午当我们拖着无力的脚步走进最近的村子，寻常的农家饭菜，我们却像嗓子里伸出一只小巴掌，不停地吃，吃得连那家的叔叔阿姨都看得目瞪口呆。

有一次听一个女性朋友说，她也曾有过一周没吃饭的经历，简直快饿疯了。结果一问，才知道她是因为减肥而停食，心中竟有一种说不出的感觉。她却说，那种饿更难熬，不是没吃的，而是美食摆在眼前却不能吃，简直是世间最痛苦的折磨。而且现在似乎还很流行什么饥饿疗法，更提倡什么过午不食一类，先不说有没有科学依据，我觉得这种人工的自发的追求饥饿，即使程度再大，也难在心里留下痕迹。甚至我会想，如果当年的邻家老奶奶知道这些，必定会气得从坟墓里爬出来破口大骂。

饥饿是一条河流，穿过岁月的丰盈，饥饿更是人生的经历，记载着一段难忘。只有经历过饥饿，才会知道寻常饭菜的入心滋味。饥饿不仅是一种感受，也许更会成为一种动力，所以，它留在我们生命中的烙印，不只是痛苦难熬，更是温暖与财富。

从季节深处走来

一

暖暖的意蕴从尚未解冻泥土里的根须处，慢慢地向上流淌，浸润了所有的干和枝，树们一日日地变换着神情。邻家小阿妹眺望远方的眼眸里，映进了远天底下候鸟滑翔的身影。

树花次第开放，南园中的杏树，已是一片深情的粉红。邻家小阿妹就站在少年的我身边，从未上过学的她，正认真地听我讲杏字怎么写。阳光在她细密的发丝间跳跃，与眼中的梦想微芒辉映着，一种让人心疼的希望。

还有在异乡的病中，满街的丁香轻吐着芬芳。早起，在医院的后园中散步，看见那个十岁的小女孩，正穿行于丁香丛中，仔细地看每一朵花。手上已经开满了许多，都是她摘下来的。走近前，她告诉我，都是五瓣的花，五瓣丁香能给人带来好运，这是我们这里的传说。那个早晨，每间病房里，每个人的床头，都放着几朵五瓣丁香，氤氲香气里，每一张脸都漾着阳光。

小兴安岭的四月末，冰雪才初初消融，刚来的第一个春天，在向阳的山坡上，在冰残雪消之中，冰凌花已经绽放。金黄的花朵摇晃着依然寒冷的风，冰雪的背景，映衬着那一朵朵直入人心的灿烂。仿若冰雪的笑靥，从漫长的严冬深处漾上来，送给春天的第一份礼物。

回想起来，在我斑斓的生命空间里，曾匆匆掠过多少个春天啊！轻寒过耳，繁花经眼，总有一些点滴在心底汇聚成柔柔的暖日，焐热流年里的沧桑与苍凉。

二

常常守在六月的窗前，看远远的岭树山云在阳光下葱茏着无尽的梦想。心里的思绪起起落落，如长长来路上的风雨。眷恋每一缕微凉的风，吹散烦恼如云飘散；流连每一阵淋漓的雨，濯洗着心中的希望闪亮如天上的虹。

仿佛看到童年的自己，举着小小的红旗奔跑着，那风就在旗上徘徊成脚下的力量。多年以后，无风的日子，我也一直奔跑、奔跑，让梦想飘扬成旗帜的形状。在泥泞的路上留下深深的脚窝，盈盈盛满着汗水和歌声。

雨带着无尽的灵性，从虚无而来，投入大地的厚重。那个男孩就在大雨中走进我的眼睛，无边的水幕洗出他的身影。他就在雨里，轮椅如小小的船儿，摇动着无边的憧憬。雨水顺着他的发，淌过无神的眼睛，滴落在细细的腿上。一直远远地凝望，我不知道，这个腿残眼盲的孩子心里涌动着怎样的情绪，可是那张仰着的脸，却穿透重重的雨，在我心上印下一个暖暖的痕。

就像童年时，田地里那些劳作的身影，每一颗汗珠都洗亮天上的太阳。从此，每一个夏天的风雨高阳，都是生命中最暖的背景。风送清思，雨洗微尘，日暖黯淡，而路旁正花团锦簇，擦擦汗水，继续赶路。

三

不喜悦于果实累累，也不伤感于草木凋零，更不徘徊于雁阵横空，秋天之于我，更如挂在心上的一道帘幕，上面绘满了让人情绪为之变幻的种种。可是只要掀开，就会看到无边的深远和无穷的美丽。

从没有哪个季节如此明净清远，如未染世事风尘的眸。那西来的风洗得天地辽阔，洗得心里的繁芜尽去，于是，世界便以一种全新的姿态走进眼里。

五花山在阳光下开始点燃最美的绚烂，青松黄杨，红枫白桦，纠缠成最后的一抹深情。一如一生的际遇纷呈，在严寒到来之前，所有曾经的心绪都绽放成热情与希望。或许点亮一双落寞的眼睛，就是在一颗心里点亮了所有的秋日。

一个朋友曾说过，时间就这样走过，是我们把它分成了四季，对于悲秋的人来说，其实是在悲一年中的所有时日，在悲一生中的所有岁月。

就是这样，牵动我们悲愁的，不是季节，而是自己的心。

所以，秋天鲜活于无尘的心里，是结束，也是开始。

四

多渴望，把所有的寒冷际遇挥洒成漫天的洁白，无际的雪原在阳光下圣洁遥远。圣洁遥远，一如一生中最美的年华。

雪瀑是在一个北风中的午后落入我黯黯的心里。山间崖顶，积雪高耸，大风袭来轰然而落。雪的瀑布，就这样飞泻成心底的轰鸣。泪亦随之而堕，原来，寒冷的累积，也会释放出惊天动地的精彩。

行走在冬季的边缘，邂逅了最后的雪。大地上的雪已经燃烧得没有了踪迹，可在山谷深处，依然有着它们洁白的身影。最后的雪，驻守着最初的洁白。也许，身处最低谷之中，更能长久地保持一颗洁白的心。

站在冬季的边缘，身后是那么纯净的背影。

于是，我等待春天，盼望能重逢那些温暖的故事。

我们都曾生活在没有诗的年代

一天的大雪终于停了，想着大地上必然已经厚厚一层，也不顾寒冷，不管天已黑透，便出去踏雪。雪后的天很清凛的晴朗，拖着雪地上长长的足迹，转过水上公园的过道，抬头间，竟看到一轮圆月。

看着在寒冷中孤高出尘的月轮，一刹那间，头脑中竟涌起许多断词残句，“冰轮”“寒魄”“天涯共此时”“碧海青天夜夜心”。而今夜的我，很不喜欢这种感受。身畔的冰河上也是一层雪，雪光和月色纠缠着，我越是努力想把那些应景应情的诗词从心里摒弃掉，那些东西却越是争相生长出来，砍伐不尽。就像本来很安静的一幅画，却飞来讨厌的鸟，留下一串啼鸣在上面。

此刻，我只想要一种简单，没有诗词，没有生发，没有感慨。

就像我很小很小的时候，看月亮，眼中便只有那一轮美好，心里也只有那一种好奇，没有神话，没有诗情，月亮就是月亮，我就是我，如此单纯地相对。可是上学以后，学了第一首古诗《静夜思》，再看月亮，便有了些说不清道不明的东西。及至知道了“离离原上草，一岁一枯荣”之后，再遥望村南的大草原，心里就生长出一种不属于那个年龄的淡淡怅惘。

所以，我觉得，一个人童年的结束，是从学会的第一首诗开始的。

然后就是呼啸着的成长岁月，课本里或者课外书上的古诗词，一股脑地灌进了脑海里。月本无今古，情缘自浅深，竟夕起相思，不知秋思落谁家，明月何时照我还，月亮，在我的眼里，日复一日地面目全非。不只是月亮，很多被诗词描绘过的事物皆是如此。于是世界变得越来越复杂，心绪也越来越纷乱，离曾经的憧憬越来越远。就像回首之间，时光都断裂成渊，过去的世界，只剩下断壁颓垣。而且就在这样回望的时候，诗词也依然趁隙而入，此身已沦陷。

万般思绪皆发于心，原本只是一时一地的感慨，可是当诗句与思绪水乳交融，那份喟叹便弥漫开来，不管是否曾经在彼时彼地发生过情节。第一次身临黄河之畔，便觉九曲似回肠。凭雄关而立，长城莽莽，就有“高高秋月照长城”“一夜征人尽望乡的悲壮”。看陌上柳色而伤春，见秋风而起乡思，闻琵琶怜身世，遇长亭伤别离。情感泛滥，避无可避，自己折磨着自己。

其实就算没有诗词，这些情感也依然会有，但也只是刹那间的触景伤情，而非如此无所不至地用所谓的诗情来淹没景。本来的那种瞬间的情感，如天地间游走的风，入怀为凉，须臾如梦而散。而有了诗词的渲染，便缠绵不去，极易辗转成伤，如梦魇不散。更有甚者，会寻章摘句或者搜肠刮肚，以应此情此景，渐渐地形成条件反射，不诌上几句就不舒服，于是就成了所谓的诗人。“无故寻愁觅恨，有时似傻如狂”，久之就成了病态。

后来看《南华经》，很是赞同那种观点，许多的烦恼纷争，都来自知道得太多，人生最大的惬意与幸福，来自最原始的朴素，无求无争，不爱不恨。有时候，所谓的诗情，其实更可能是一种庸人自扰。把自己心里每一种情感，都打上了一个烙印，把世间的每一个事物，也都打上了同样的烙印，于是相遇之下，便碰撞出无边无际的无可奈何。我们在与万事万物相互烦恼，而非天人合一般的怡然自得。

想想看，在没有诗出现以前，更没有诗人的时候，大地山川依然，一切都是本来的样子。有人折柳，却不会想到送别，有人望月，却不会放飞思念。或者送别与思念都会有，却也只是简单清澈的，与诗词无关，与诗意无关。就像我们最初的懵懂时光，什么都不曾来侵染，遇见喜欢的，便开心地笑，遇见难过的，便痛快地哭。风清月白，天蓝草绿，一切都是最本真的美好，包括情感。可是，当我们知道了把泪水流进心里，诗便乘虚而入。当心里住进了第一首诗，便是烦恼的开始。

那么，第一首诗是怎么出现的呢？抛去学术上的东西，我觉得，是某个平凡的人，感觉很敏锐，比别人更容易有感，那些感觉在心里累积得多了，便折磨得他很难受。于是在某一天，那些情感便溃了心里的岸，化作一些句子或者歌谣流淌了出来。然后，他便觉得轻松了许多，可是，他不会想到，从他口中流淌出来的，流进了很多人的心里，源源不断地流淌了几千年，曾经他心底的那些堆积，依然在世世代代的人心里生生不息。于是继续溃岸，继续流淌，终于汇成了一片海，每个人都没有幸免。

我们，其实是在很小的时候，被迫进入那片海里，回头却再也寻不到那座天真的岛。那个第一人是自发的，我们是被动的。而且，起初的时候，我们会觉得很美好，有诗的世界，有诗情的生活，绚烂缤纷。可是到了某些最平静的时刻，当心灵最接近生命本源的时刻，才会发现，那些以美丽的姿态一直堆积在我们心上的，是一种多么重的负荷。

所以，当再看到一轮皓月的时候，我多希望自己只是简单地惊叹："今晚的月亮真圆啊……"而没有接下来的那句："圆得像个句号。"

孩子，我温柔而坚强地送你们走向世界

我依然记得最初的喜悦和幸福，当你们结伴而来，在我们最困难的时候，给了我们多少心灵上的满足。同时更有那么多的欣慰，我的孩子不会孤单，你们会相伴成长，在人生的长路上，你们会携手走出很远，就像你们走过很远的路携手而来。

成长的光阴如游走的风景，总是热烈而迅疾，甚至没来得及回味，那些眷恋着的便被越抛越远。那些所有的过往点滴，或许会在你们的成长中渐渐淡忘，却会是我心底最清晰的流连。

十年前，第一次送你们去幼儿园。你们从起初的兴奋，到后来的恐惧，每一个细微神情的变化，都在我的心底落地生根。妹妹搂着我的脖子，哭着说："不去幼儿园了，回家和姐姐一起玩吧！"而姐姐只是一声不吭地，转身就往回跑。那一刻，不管心里有多么动摇和不舍，有多少难过，可是，我依然还是很无情地把你们送进了教室。

听着关门的声音隔断了你们的哭泣，我站在那儿，竟是无比的孤单，仿佛送走了生命中最宝贵的东西。可是我知道，你们终将走向这个世界，这个在你们眼中还有着恐惧不安的世界。就像放飞了最美的心愿，于是，心也空了。放飞，是自由，也是失去。

后来，你们渐渐地习惯了上学，每一天高高兴兴带着期盼去幼儿园或学校，我也带着期盼等你们回来。那个时候，你们依然会像小鸟般扑进我的怀里，依然会争抢着要坐上我的肩头。你们喜欢坐在我肩头向远方看，说能看得更远，可是，当你们以后比我看得更远的时候，我就会在你们身后的某处，默默地看着你们。

仿佛只是恍惚间，你们就已青春年少，上了中学。不知从何时起，你们再也不会扑入我的怀抱，也不再缠着我讲故事带着出去玩儿，你们，走进这个世界，也开始有了自己的世界。而我，依然坚持着接送你们，在每一次送你们到校门前告别时，就像，提前无数次地演练着你们长大后真正的告别时刻。仿佛，每一次说的再见，都是把你们送得更远。

我就这样把你们送给了世界，满心的温柔和坚强。

我从不给你们讲，以后该怎样，遇到各种困难时该如何。总有些路，是要你们自己去走，我只能送你们这一程。然后，看着你们走向自己的天地，无论悲喜得失，无论坎坷坦途，无论欢笑泪水，我都会看着你们，和你们一起情绪起伏。如果累了倦了，我依然在你们身后，我的肩膀也许已经托不起你们的遥望，我的心却依然能给你们最真实的陪伴。

但是很感谢上天，让你们结伴而来，在你们的路上，你们的手还可以牵在一起，彼此温暖，彼此焐热这个世界的苍凉。如果说我要给你们些教导或忠告，也只有如此，愿你们永远相亲相爱，不管怎样的境遇，怎样的生活，都不要失散了对方的手和心。愿你们能这样一直走到最后，无论走多远，只要像小时候这样互相关爱，你们就是彼此的港湾。

如果有一天，你们明白了我们的付出，明白了感恩，也不要心里有所亏欠。我们所做的一切，是所有的父母都会做到的，你们要做到的，就是把这一份付出，给你们的孩子，让你们的孩子也会像曾经的你们一样，去走自己的世界。

多好啊，你们现在还在我的身边，你们现在还在成长中，能路过你们的成长，便是我的幸运。也许我会渐渐老得载不动你们的成长，却永远能载动你们的生命；也许会载不动未来的离别，却永远能载动对你们的爱。

你们成长的痕迹，每一天的变化，你们的每一次哭泣每一次开心，你们的小小烦恼和悄悄心事，都是我心里最暖的烙印。这些，都是你们给我的礼物，我会珍藏一生。

感谢你们，能选择我成为你们的成长守护者，这是我——你们的爸爸，此生最幸运和幸福的事！

第4辑

时光与心情的对话

我喜欢一个人在野外，把最好的时光虚度掉。随着时光掉落的，还有平日里郁积着的种种。于是心里什么也没有，空空旷旷又春风万里。恰似身畔的初春，正在无中生有，而生长的，都是意料中的或不被预料的美好。

愿意在春天里虚度光阴

今年的春天很有些迫不及待，正月尚未过去，它就挤了进来。东风猛烈，大地上的雪几乎快绝了踪迹。中午的时候，房檐上便不停地滴落雪融的水。而往年的此时，还依然冰封雪盖，要想阳光暖暖，还得一个月后。

紧闭了近半年的门窗，终于打开，阳光和清风一拥而入，阳台上的花草立刻精神抖擞，似乎沐浴了东风的它们，才真正属于春天。那风似乎有着手脚，在屋里转一圈，便把一冬的郁闷一扫而空。而且还召唤着我，去外面。

外面风很大，却不冷，零上两三度，阳光很暖，天很蓝，有丝丝缕缕的云。河冰还没解冻，却已没人敢在上面行走，地上的雪只剩下背阴处的零星。沿着河一直走，雪没有了，那些石头便又露了出来，看着很厚重温暖的样子。黑黑的泥土也露了出来，我计算着还要多久，小草的芽儿会拱出来。远处的山岭上，那些树似乎颜色也鲜明了许多。远天底下空空荡荡，还没有候鸟的身影。

我喜欢记取此时的春天，刚开始的，崭新的。若要等到山溪潺潺山花盛开，在这小兴安岭深处，春天会和夏天模糊在一起。我们这里春天很短，总是仿佛刹那间，就一下子热起来，于是夏天就来了，于是春天该发生的事都进入了夏天。所以，现在这时候的春天，才是纯粹的，没有干扰的。虽然没有鸟语花香，却有着一个向往的过程。

只是，今年的春来得这么早，雪融得这么快，山上冰凌花开的时候，便没有一点冰雪了。失去了冰雪的衬托，冰凌花是不是会少了一份特别的美？不过想想也就释然，不管是不是绽放在冰雪里，它都是春天开的第一种花，如此，就好。就像心里许多人和事，不能做第一的做唯一，不能做唯一的做第一，如此，也好。

慢慢地走。便想起小时候的此时，在大平原上，在黑土地上，在阳光下，在东风里，疯跑，身后跟着不知疲倦的花狗。跑得累极，便躺在松软的泥土上，看蓝天如盖，期待一只布谷鸟的身影划过眼睛，期待一串啼鸣坠落在我的身上。

而此刻我只是慢慢地走。就像那些往事在心底慢慢地走。多少个春天，我都喜欢这样，一个人在野外，把最好的时光虚度掉。随着时光掉落的，还有平日里郁积着的种种。于是心里什么也没有，空空旷旷又春风万里。恰似身畔的初春，正在无中生有，而生长的，都是意料中的或不被预料的美好。

我无法把春天里的一切一一看尽，那就把身边的点滴都采撷收藏，说不定在哪一刻，便会邂逅呼啸而来的惊喜。就像几天不见，北大河的某段近岸处，竟化开了一条窄窄的缝隙，细细的流水正在缓慢地丰盈。所以，这个时候，任何一本书也无法拴住我的眼睛，总是控制不住地要把这些时光浪费在天地之间。我的眼睛，需要去更高远的地方旅游。

想到这儿，我的目光便投向远天，真的真的很期待，能看到一只燕子的身影。

脚步与大地的吻痕

如果看到炊烟醉倒在夕阳里，奔走的脚步也会感受到大地的温暖。多年前的一个秋天，少年的我离家出走，在渐渐荒芜的大草甸中，就像一叶枯草湮没于天地间，似乎只有脚步的移动还漾起一丝涟漪。当心里的怨气随着道路的遥远而消散，疲惫开始漫过身心，就在这时，与斜阳炊烟相遇。于是长长的风挟裹着落晖，洗去一身的乏累，将心绪也洇染得温柔而恬静。

当时光的印迹泛黄在记忆里，秋天的大草甸依然在回望里飘摇，仿佛那片黑土地上，我的足迹还在，盈盈盛满着那一瞬间的感动。其实一生之中，我们的脚步跨越过千山万水，而回首间却似乎没有留下一个脚印。是路面太坚硬还是走得太匆匆？抑或是人太多脚步太拥挤，于重重叠叠间漫患了足痕？而有些路途，虽然短暂得像一首未唱完的歌，却是回味无穷，仿佛太多的心情都印刻在那里，任风雨起落，都不能抹平。

原来一切都在于彼时彼刻的心情，就像我当年与夕阳炊烟相逢的刹那。

在呼兰县城读中学时，班上有个男生，经常在没事的时候走遍大街小巷，就像每一处都有着他的眷恋。后来我便和他一起走，甚至小城周围的角落，呼兰河的每一段河岸，都曾留下我们的身影。后来我们都远离了故乡，常常想起当年的行走，过往里数不尽的流连。后来和那个男生相聚过一次，提起往事，他说，他知道以后会离开，只想让回忆里有能温暖梦境与世事凄凉的故土乡情。

近三十年的光阴，关于故乡的回忆被生活的厚重压缩成偶尔的梦境，而那些旧梦里常常让我不忍离开的，是一座有着青砖围墙的院子。那是萧红故居，少年时的我经常走进长满花草的那座庭院，在风中寻找着当年那个小女孩的寂寞心事。看着故居中的那些老照片，看着那张浅浅笑着的脸，想象萧红以后走过的水阻山隔，她眷眷恋着的，依然是这个院子里留下的足迹。就像今天的我，重温着萧红故居中的一沙一石之细，一草一木之微，远远的呼兰河的涛声里，起伏着太多的往事与情怀。我的脚印重叠着萧红童年的足迹，也在我的心上镌下了只自知的怀念。

不管何处何境，只要脚步伴随着心绪共同走过，就会将那种际遇中的种种记取，在日后想起时，能焐热许多生命的苍凉。

以前看书时，第一次看到“步步生莲”这个词，顿时拍案叫绝，四个字蕴含着无尽的想象。一个女子如此静而美的走姿，那每一朵莲都是脚步与大地最生动的吻痕。依然记得那个初中时的男生，他现在依然在不停地走着，走过梦想中的荒芜与寂寞。他后来成为一个徒步走全国的人，在八九十年代徒步走全国的热潮退却后，他却默默地上路了，像一朵不引人注意的云悠然远去。这些年中，他的双脚抚摸过地图上太多的角落，生机盎然的江河流域，险峻横生的高山大脉，漫无生趣的无人区，所有天涯般遥远而亲切的所在，都是他脚步的期待。我曾在杂志上看过他的徒步笔记，还有拍摄的那些照片，才明白，愈是孤寂的人，内心也愈繁盛。我能想象，他的每一篇笔记，应该都是脚步与大地开出的花朵，芬芳着他自己的内心，也点染着读者的心境。步步生莲是女子的脚步开放在别人的眼中，而他，却是把脚步绽放在别人的心里。

在那些所有走过的路中，能让你的双脚感觉到温暖的所在，都是开放在心中不败的花朵。脚会记得路的暖，而那些路，也会记得双脚的努力。

有一个年轻的朋友，从小因一场事故失去了左腿。她从七岁就开始了艰难的行走，她有着自己的坚持，从不坐轮椅，一年一年，她的双拐同身高一起增长。许多次，她拄着双拐走向离家很远的地方。或迎朝霞吐艳，或送落日熔金，或静看草原辽阔，或独对大河奔流，在不停地奔走中挥洒自己的情怀。我是在一个冬天的雪后，遇见这个女孩。在郊外的雪原上，我看到一行特殊的脚印，只有右脚的痕迹，还有两点圆圆的深坑儿。追寻而去，在冰冻的河边，看到她在洁白背景下的身影。当时她正用拐杖在雪地上写下一行字：冬季冻结了河流的形状，却冻结不了笑脸，冻结不了脚步的流淌。

那雪地上的一行足迹印进了我的心里。就像熟悉了之后，我看到她在一篇文章中写道：一直觉得自己的左腿还在，我看不见它，却能感觉到它一直在向前迈进，跨越一片片美好，所以我的右腿要不停地跟上。

回望来路苍茫，也许只有心绪停留过的地方，才会留下不灭的印迹。而在流年匆匆里，我们终将明白，脚步与大地的吻痕，其实是留在心底的种子，终有一日，会开出丛丛簇簇的美丽。

小 径

推开矮矮土墙上的小小柴门，惊飞了栖在墙头短栅上的几只蝴蝶和蜻蜓，进入南菜园，脚下一条窄窄的土路，在夏日的阳光下，满园的果蔬芬芳流淌，拥抱着我。

我沿着那条小路慢慢地走，路过一小片菇娘，那是我们的最爱，喜欢它在嘴里被咬出的清脆响声。左边的架上，细蔓舒展，顶着小小黄花的黄瓜在风里轻轻摇晃。而右边的辣椒和茄子，离泥土更近，很谦逊地沉默着。再往前，便是那些张扬的西红柿，已经红红黄黄，缠绕着风和目光。爬得更高的是豆角，在更外层的地方，陪伴着它们的，是园子边缘的向日葵，青青的，抬着头，迎向如瀑的阳光。

走在这条小路上，一步一种情怀。会遇到蜂儿，遇到蝶儿，遇到许多匆匆或悠然的虫儿。

到了南园的南墙处，再穿过一道更矮小的柴门，就进入了大表哥家的后菜园。那是一片更为广阔的热闹所在，中间依然是一条直直的小径，直通大表哥家的后院门。我几乎每天都去大表哥家玩，所以，我们两家菜园中的小路，已不知重叠了我多少的足迹。虽然短短几十米，却长如整个成长的岁月。

村周围都是庄稼地，田垄纵横，各种作物站立在大地上。田地里有许多毛毛道，就是人们在庄稼间踩出的一条便道，与田垄的方向相反，或横或斜，宽不盈尺，垄台上踩得极坚硬。走在上面，一步跨越一个垄沟，每一步大小相同，走起来很有节奏感，就像不停地踩在琴键上，踩在心跳上。两旁高高的玉米一片默然，狭长的叶子不时地拂着人衣，人脸。连风都渗透不进来，人就淹没在一片绿色里，淹没在正在灌浆的玉米的清香里。

后来到三里地外的邻村上初中，我们不走两村相连的大路，而是抄近走一条小路。那条小路曲若回肠，每天的早晨，我们便踏上那条小路，穿过一片小树林，走过高冈上的边缘，下了一个陡坡，路过几座荒坟，便到了小河边。小路并没有断，小河的清浅处，几个大石头罗列其中，像一个省略号，连接起前后的情节。过了河，经过一片草地，绕过一片密而大的黑森森的林子，便到了邻村。

那条路过诸多风景的小路，洒落多少朝霞晚照，洒落多少我们的笑声和足音，只有年少的时光知道。

“离别家乡岁月多，近来人事半消磨。”故乡的大地上，曾经那些熟悉的小径，已不知有多少湮没在风尘里，可是在心里却是越来越清晰。现在每天的黄昏，我都会走上河边那条小径，树木掩映，流水怡然，路上只有斜阳和青草覆盖。不管是杂花生树，还是落红满径；不管是风行雨过，飘叶飞雪，小径就在那里，承载着我的脚步和心情。

其实，不管我们走出多久多远，走过多少朝天大道辉煌前程，在心底，总会有一条细细的路，不管有多曲折，不管穿过多少幽暗，涉过多少河流，从不断裂，而且只能自己一次次地去走，没有时光的阻隔，走向生命中最美的所眷所恋。

小　梦

早晨醒来后，便一直觉得心里悄悄涌动着一种温暖，似乎有一颗美好的种子正挣扎着，要破土而出。只是，不管我怎样回想，都没有寻到这份感觉的来处。就像一阵风掠过心湖，风去了，却留下层层叠叠的涟漪，竟忘了因何而起。

出门的时候，阳光如雨洒落，在地上盈积了一层柔软的金色。那条行人稀少的短街，越发幽静，路旁的树轻轻地摇，不知何时已长出了嫩绿的叶芽。向前远远地望出去，南山渐渐地变换了颜色，大朵大朵的白云爬过来，我仿佛看到了云下候鸟的身影。

每天都从这条路上走过，却从没有像今天这般，眼睛里容纳着诸多的美好。甚至墙角下几只闲散的鸡，望之都觉得可亲可近。到底是什么？让我在这个一如既往的平凡日子里，用心情点亮了这许多的惊喜。

转过街角，是一排平房，很古老的青砖灰瓦。许多扇窗开着，我的目光随同春日里的暖风，溜进那些窗子。忽然，一个场景就牵绊住了我的眼睛。在一扇窗里，一位年轻的母亲正在给一个四五岁的男孩穿衣服。透窗而入的阳光，把他们的身影洗得亲切无比。

刹那之间，心里就像亮起了一盏灯，又像掀开了厚厚的帘，我忽然就找到了所有感动的来处。

那是昨夜的一个梦，一个小小的梦，小到没有情节，没有细节，只是一个场景。还是三十多年前，我还很小，就像窗内的那个男孩，母亲也是那么年轻，她正俯下身，细细地给我系鞋带。梦就是一个定格的瞬间，我仿佛旁观者，又仿佛回到小时候。虽然短暂的一瞬在醒来后消散，可是那份在梦里溢满的幸福，却依然在白日里轻轻地流淌。

我很喜欢这样小小的梦，或许它是很长很完整的，我只是记住或想起了某个片段，可是，依然能在我潜意识里流连不去、又把心情点染得明媚温暖的，即使是梦的残片，也如种子般，在心底生长出无边无际的感动。

在夜的土壤里，生长着多少梦境。而小小的梦，就是刚刚萌芽的眷恋，所有的情节和细节，都是在醒来后自动地生长，丰盈，提醒着红尘劳碌中的我们，幸福一直在。

我记得二十年前，大学毕业离校的时候，由于我是最后离开，所以走的时候没人相送。可是并没有多少离散的凄凉，反而觉得心里充盈着一种感动。本来昨夜，我已经准备好了许多的伤感，等着用它弥漫离去的足音。可是早晨在空荡荡的宿舍里醒来，虽然窗外飘着细细的雨，但心里的那些伤感竟然消弭于无形。即使在雨中离开，即使回望，依然是除了眷恋，什么眼泪都没有。

直到坐在火车上，熟悉的城市渐行渐远，才忽然想起昨夜的短梦。也只是一个场景，好像我们并不曾离开，又好像多年后的重聚，大家围坐在一起说笑，似乎是在挥洒青春，又似乎是在回想青春。就是这样一个小小的梦，把我酝酿许久的那些灰暗的情绪，一洗而净。总会重聚的吧，所以一种希望便生了根，再次欢聚的时候，虽然无复青春的情怀，可是一定浸透着另一种深情。

一生之中，总会有许多这样的小梦，即使忘却了，即使没有想起来，却依然悄悄地美好着。也许你在某一天醒来，心情无由地好，世界在眼中仿佛变了个样子，那么，就有可能是昨夜，你做了一个小小的梦。

有梦总是好的，即使是一个小小的梦。它可以让你在不管怎样的境遇中，都能遇见不期然的美。比如，一河欢笑的水，一树唱歌的鸟。

在柳边

东风来得很晚，小小湖畔的那几株老柳，终于开始柔软而生动，仿佛那一湖荡漾浸润进树的身体里，正一日日地走向丰盈。

少年时读古诗词，总能看到梅柳并用，不在梅边在柳边，漠漠轻寒梅柳细，梅柳渡江春，都是很美好的意象。只是我从未见过梅，只是在书中画里，去感受那一份神奇。此生未识南枝，也是一种遗憾，幸好在这极北之地，依然有柳，还能聊慰梦劳魂想。而且，一半真实，一半想象，让柳和梅，在我的心底生发出不一样的感受。无缘梅边，只在柳边，也胜过心情无物可寄。

遥想很古老的时空之中，古人于水畔柳下，饮酒成别。柔条千尺，牵挽人衣，却依然留不住离去的脚步，离愁漫随晓风残月。虽然这半世风尘里，我也曾经历了太多的离别，却从未曾有过如许情境。可是细思起来，还是有很多次，虽然无人折柳相送，足音却依然伴随杨柳依依。不管走到哪里，总会有柳的身影，也许，人间有离别处，就有柳。

从不曾想过，会在这群岭深处，淹留了近二十年。初来时，小湖边的那些柳就存在了，而且已然觉得很古老。只是，现在看来，依然是过去的样子，并没有更老一些。而我，却已从一个风华正茂的青年，走到了鬓染秋霜的中年。许多年轻的心事，半随流水，半入尘埃，一直不曾沧桑的，似乎只有那些青青柳条，还如旧时一般，轻拂着微风。

现在，面对细柳摇风，已很少想到离别。不是心底没有了诗意，而是在他乡久了，便有了淡淡的归属感，就像是离开故乡久了，回去也仿佛是客。而在离愁之外，更是发现了许多美好的事物，于柳暗花明之中。坐在岸边软软的草地上，坐在柳荫之下，面对一湖悠然，俯仰皆是天光云影，而长条点水，柳叶如眉，便生发出无穷无尽的想象。

经常于初夏的时候，带着一本喜欢的书，坐在岸边，倚着最老的那株柳树，点点斑斑的光影从头顶垂落下来，路过的风调皮地翻着书页，我于许多的情节之中徜徉，偶尔抬头，漫天的柳絮和阳光一同飞舞。便觉得若梦若醒，亦真亦幻。只是我从没有在树下睡着过，没有让散乱的书页上落满落花，所以没能体会梦里花落知多少的意境。倒是常有鸟鸣落在我的身上，也有柳絮成为我的书签。不知道多年以后，当我翻开这本已经变得古老的书，看到那朵柳絮，还会不会记得，曾经那个飞絮如梦的初夏。

也有着不期然的欣喜。在夏天快要结束的时候，湖里的小荷才淡淡地开放，那个夕阳涂抹的傍晚，我便倚柳而立，看晚照中盛放的那份美好。当夕阳已沉入远远的山影，不经意间抬头，一朵昏黄的月正绽放在枝叶间。划过月亮脸庞的那些狭长的叶，轻轻摇曳成浅浅的剪影。我就那样站着，看了很久，直到满天星光亮起，直到月亮的花离了枝，依然不舍得离去。

当然也有着遗憾。我们这里，从来就没有蝉，所以柳可能就显得单调了一些。没有“长安古道马迟迟，高柳乱蝉嘶”的寥落，更无法体会“半柳斜阳半柳阴，一蝉飞去一蝉吟”的闲趣。这许多，只能从诗词里，从想象中，去一一补足。不过，有着遗憾也是好的，可以让我尽情去憧憬，念念不忘。所以秋天的时候，柳更是寂寥的，没有寒蝉凄切，只有柳叶寂寞飘落，柳树就这样沉默着走向沉寂。

所以，在柳边，我有着我的情趣和流连。

可是，最近却总是回想起一个遥远的场景，那是许多年前，故乡，故园，老柳，爷爷坐在黄昏的树下，长长的烟袋点燃了满天的云霞。柳条轻摇，他就默默地坐在那儿，目光抚过将暮的大地。

虽然我于故乡，久离成客，即使归去也是物是人非，只是，这样的一个场景，依然会点亮我心中所有的眷恋。

倚杖柴门外

中年的光景，回忆如黄昏的鸟，总是不期然地飞来，栖落于渐老的生命之树上，洒落许多斑驳细碎的光阴。

经常想起故乡的一个老人，那个时候，他很老很老，而我却很小很小。他老得要扶着一根木杖行走，白发萧萧，我小得跌跌撞撞地奔跑，无忧无虑。我不知其年岁，据说是当时村里年龄最大的老人。每天的傍晚，当斜阳的足音敲红了大地，他便拄着杖慢慢地走出来，走出那扇破烂的木门，然后站在矮墙边，白发在风里抖动，影子长得像一生的故事。

他的目光掠过布满牛马蹄痕的土路，掠过村西那片年轻的杨树林，在广阔的黑土地上无边无际地铺展开。他的许多老伙伴，已经长眠在这片土地上，白发故人稀，他轻微地叹息融化在长长的晚风里。他的身后，经常跟随着一条黑狗，同样走得很慢，仿佛寂寞与寂寞的相伴。偶尔，他会和一两个老人一起站在那儿，说上几句话，更长的时间是沉默，身后的树上，一群麻雀如往事般乱飞。

有时候会想，如果我活到了那把年纪，是不是也会寂寞如秋。我会喜欢那样的时候，倚杖于柴门之外，临风而立，让目光徘徊于天地之间，而往事却穿行于心里。若逢春朝，即使梨花对白头，即使心底有太多的沧桑变迁，也会有着一丝欣喜吧？若是夏夜，长风流淌，繁星如梦，回望一生的际遇，也会温暖一种思绪吧？若处秋暮，虽草木摇落，却禾黍飘香，此身虽老，亦有所获，该会有一些欣慰吧？若在冬午，暖阳映雪，大地皆银，虽风寒如割，亦能品咂出一种怡然吧？

一切都是想象，我不知道，要在尘世中奔波多久多远，要历经多少悲欢离合，要适应几许荣辱浮沉，才能于暮年倚杖而立，笑看风烟。那是一种脱离了欲望的悠然，是一种渡尽劫波的超然。

而我却知道，不管有着怎样的经历，或一帆风顺，或坎坷淹滞，或默默无闻，或辉煌灿烂，到了那个时候，许多曾经在乎的，曾经追求的，曾经死守的，也都该放下了，心里也会空空的云淡风轻。也许也会有着幻想，如果一切重来，在某个时候，是不是会有另一种选择，会不会有另一番因缘际遇。俱往矣，才明白，生命终会归于平静平淡。就像那一刻，孤独地站在柴门外，只有晚风解读着心情。

中年的我很容易慨叹，而老年的我可能却连叹息也由淡趋无。那么多的岁月都已从身畔流走，那么多的过往都已化作云烟，回归了生命的本真，该会有一种大愉悦。

就像儿时的我，总是喜欢看着那个柴门外倚杖而立的老人，那个时候，可能除了头发，除了年龄，除了经历，我和他的心，有着许多相同的地方。我是无忧无虑，他是万事不萦怀，我是看一切如初生般纯净，他是看一切像流水般清澈。一个是原本的真实，一个是返璞归真，都是生命中最初的那种美好。

所以，忽然觉得，老将至并不是一件很可怕的事，既然人人皆有那样的时候，那么就努力让那个时候的自己更真实一些。就算老态龙钟，就算发白如雪，也要拄着木杖，安静地站在柴门之外，在四时里的每个晨昏，用目光，用心情，洇染最后的时光。

雪光阴

光阴散碎得和雪花一般，在身后纷纷扑落，堆积成一片回望时的洁白。

一年有半年的雪，寒冷是它的故乡，冬天是它的家园。年年还乡，岁岁回家，然后用一种温暖的姿态离去。许是见得多了，见得久了，我没有刻意的喜欢，也没有不息的眷恋，来来去去之间，它们就铺满了世界，不管心情怎样，它们就在那里。

秋天的雪是常和落叶一起飞舞的。那样的雪只能静静地欣赏，不能挽留。初雪是最神奇的花，生在云中，开在风里，谢在地上，绽放与凋零同时。

秋雪是世间一幅淡淡的影，也是心底一抹浅浅的痕。

春天的雪是芬芳的，温暖的，柔软的，依赖在每一朵初开的花上，借一缕香魂，氤氲　份对冬天的怀念。它们不再寒冷，不再清凛，缠缠绵绵，往往复复，含着无尽的热泪。由丰盈到消瘦，到无形，到追忆，春雪，是一种告别，是一场流连。

我们这里零下三四十摄氏度的气温，连梅都躲得远远，所以，此生还未见过雪中绽放的梅。幸好有春天的花，春天的雪，补足了所欠的一份芬芳。我可以不要那份寒冷中的坚强，有着那种缱绻就够了。

确实是没有刻意的喜欢。可是惊喜总是有的。就像儿时的早晨，推门不开，那些雪拥挤着堵住门口，它们进不来，我们也出不去。然后就是力量的角逐，然后雪们就溃散了。我们一拥而出，在厚厚的雪地上留下胜利的脚印，先我们而存在的足痕，是未眠的花狗，早起的鸡鸭鹅，只有猪们还在圈里酣眠。

那时说起谁最不怕冷，最不怕冻，都说是雪人。其实我没有正经地堆过一个雪人，更多的时候，都是看着伙伴们在忙碌。我记得那个雪人，那个雪孩子，脖子上系一条红围巾，嘴角弯弯上翘，在笑。就有人说，雪孩子不怕冻，那么冷还在笑。我们也不怕，在冰天雪地里奔跑，也在笑。

就那样奔跑，奔跑，追不上童年的那场雪，便把年华都抛在了后面。不知是哪一场雪，落在发上，却再也掸不掉。才发现，岁月的苍凉也是可以把笑容冻结的。一直笑着的，也许只有记忆中的雪孩子。它只有不变的笑，我们却有不息的心跳，或许，这是我们唯一比它多的。

总是想起那个遥远的早晨，一场大雪已在人们的梦外轻轻地来过。太阳已经升起，所有的雪，大地上的、房草上的、树上的、墙头上的，都在晶莹着。看得见时光细细密密闪亮的脚步，走过每一粒雪，走过眉间心上。那个早晨，亲人们都站在院子里，笑着，比雪人笑得生动，雪影在他们柔软的眸子里融化，荡漾，荡漾成许多年许多年以后温暖的海。

雪的尽头是它的故乡，而思念的源头是我的故乡、故园。雪，年年回来，我，却再也回不去。遥远的雪孩子，依然在那么深远的地方等候。隔着数不清的岁月，那些雪，那些雪事，那个雪孩子，那不变的笑，已淡远成虚无。可是雪孩子围着的那条围巾，却越来越清晰，越来越红，就像，流过泪的眼睛。

黑悠悠，思悠悠

多少儿时的回忆，就蕴敛成那平凡植株上的点点串串，在思绪的碰触之下，便碎裂成满心的甘甜。它们在大地上的角落生长，只吸引着儿童少年最清澈的目光，也唤醒着大人们心底最甜美最无忧的往事。

我还是那个小小的少年，行走在成长里，就连心事都那么洁白。不知什么时候，心事邂逅那一株黑色的星星，便悠悠然有了快乐的寄托。

小小少年知道那叫黑悠悠，在东北有些地方，它还有其他的名字。可他依然独爱黑悠悠这个名字，每一想起，就似乎是在风里悠荡，在心里悠然。

那个宁静的夏日午后，小小少年走出院子，走进田野，阳光漫天扑落，湮没了小小的村庄。他一步一步走进田间的小毛毛道，每一步都踩在田垄上，或者是与生俱来的一种孤独，却并没有寂寞，只想在这晴朗的天地间自己走上一会儿。然后，他的目光便相遇了一棵黑悠悠，就像重逢了一个小伙伴。他蹲下来，细细地看，于是其他的黑悠悠便都悄悄在他身前身后现身出来。

还未到成熟的时候，那些争先恐后结出的果实，还青青的，大的如最小的黄豆粒儿，小的如米粒儿。一根细细的枝端，簇拥着三五颗，或者更多，像许多小小的碧绿的眼睛。他多希望它们早些变成黑眼睛，于是口中和心里便有了微微的甜。

那个午后，小小少年流连在还未成熟的黑悠悠身畔，想着时间真是神奇，可以把苦涩的变成甜美的。有时候，他会困惑，到底是这种植物叫黑悠悠，还是这种果实叫黑悠悠？后来觉得，应该是果实叫黑悠悠，而生长它的植物，他记得母亲说过，在后面的园子里有几棵黑悠悠秧，年年长。便忽然记不起黑悠悠秧开花时的样子，也许黑悠悠没结出之前，它们也是被小孩子忽视的。

于是，第二年春天开始，他就提醒自己，今年要记得看黑悠悠开花的样子。于是草发芽了，树也绿了，园子里一片欣然。可是，哪一棵是黑悠悠？他只好继续等，就像去年，等那些绿眼睛变成黑眼睛，等那些苦涩变成甜蜜。后园墙角的几棵，长着一样的叶片，夏天的时候，他每天都去看几回。终于有一天，他看到了花朵。

在小小少年的眼中，那是很小很小的花朵，张开的花朵，底端联结成一体，然后分出五瓣。莹莹的白，比雪柔和，比纸生动。花瓣中间是嫩黄而粗壮的蕊。像一颗颗白色的五角星，缀在枝叶间。他猜想，这，可能就是黑悠悠秧了。继续等，直等到花儿落了，那些碧绿的眼睛再度圆圆地张开，他的心里便有了浅浅的喜悦。是童年的小秘密，如那些小小的花儿隐藏在岁月里。

依然是那一年，孤独的小小少年走在田垄间的毛毛道上，从夏天走到了秋天。

那些黑悠悠悄悄地成熟了，他摘下了一颗，轻轻地放进嘴里，一份美妙的感觉便弥漫开来。他摘下一串塞进嘴里，不顾汁液淌出来，染黑了嘴巴和脸。西风吹过的田野上，他遇到了许多黑嘴巴的小伙伴，他们互相笑，互相露出黑黑的舌头。快乐和脚步一起洒满大地，小小少年的孤独被湮没了，而一份眷恋却在生根。

后来啊，小小少年长大了，故乡也遥远了，黑悠悠也不见了，他有时也真的孤独了。可是那些黑悠悠和那些快乐，也许一直都在，等着他蹲下来，用最清澈的目光去相遇。

你看见那只蜘蛛了吗

当黄昏充满了天地，村庄里渐渐归于宁静。那时的我经常坐在炕上的窗沿下，敞开的窗子涌进来许多夏日的田园气息。草檐下垂挂着燕子的呢喃，垂挂着一缕缕的风，也垂挂着如阵的蛛网，于是路过的斜阳就被粘在上面，挣落一地的红霞。

仿佛一错眼的工夫，蜘蛛就出现在网的中央，不知先前它隐匿在哪个角落。那是一只很大的黑蜘蛛，身体圆滚，腿也粗壮。它就雄踞在阵图之中，等待着薄暮里迷路的飞虫。

我对这种大的黑蜘蛛印象深刻，它们的网也很巨大，在檐下，在电线之间，甚至树枝的边缘，都会成为它们的领地。它们不像别的蜘蛛，总是把网架设在有光亮的地方，以便吸引更多的飞虫。我还看过一个几乎是三面悬空的蛛网，虽然在风里摇摇，却一直不曾断裂。

我偶然见过一次这种蜘蛛织网的过程，特别是悬空一面的那根丝，另一端附着在很远的地方，中间跨越了许多障碍，让人想到蜘蛛是不是会飞渡。其实，我一直看着那只蜘蛛，它边爬边吐丝，爬过一条浅沟，翻过一堵矮墙，向着那边的一根高高的电线杆前进。这中间有着十几米的距离，不知有多少次，它的丝被刮断，就得回去重新开始。终于，它到达了电线杆下，爬上去，开始收缩那根丝，直到丝线高高地悬空而起。

后来看书，说是蜘蛛结网，是向着某个方向用力吐丝，让丝随风飘荡，粘到哪里，就去固定在哪里。这样的方法我并没有亲眼见过，我见过的依然是那只大黑蜘蛛，要把丝固定到离得不远的东西上时，会把自己悬在空中，慢慢地悠荡，有时借着风力便荡到了要固定的目标上。

一个夏日的午后，我在外面闲逛，依然是小时候，脚步丝毫不随着烈日而疲惫。忽然就看到路旁有个大黑蜘蛛，在那儿微微地颤动，远望却像是比平时见到的更大了一圈儿。走到近前，发现，它的身体上爬满了小蜘蛛。仔细观察，发现大蜘蛛已经死了，而那数不清的小蜘蛛正在吃着它们的母亲。这样的事总听村里的大人们说起，却还是第一次见到。场景很震撼，我不知道别的蜘蛛是不是这样，可是不管怎样，这种大黑蜘蛛的确是伟大的。

儿时的我很讨厌一种很伶俐的蜘蛛。它有指甲大，也是黑色，扁平，腿短且平放在地上，不像别的蜘蛛用细长腿把身子支撑起来。它们一般都是出现在屋里，墙角棚顶，都是它们出没之处。而且它们爬行极快，神出鬼没，有时会慌不择路爬进我们的裤管里。而也活动于室内的另一种蜘蛛，则就没有那么令人厌恶，它们也不大，淡土色，腿极细长，身子很小，无论行走或者站立，腿都要高出身体。它们喜欢在墙角处结网，却往往都是挂满灰尘，也经常被人用笤帚打扫掉。

相对比之下，最受人们欢迎的一种蜘蛛，却是很小很小的，小到一粒米一般，淡红色，在儿时的乡下，称之为喜蛛蛛。它们并不多，可是有时候就会莫名其妙地爬到人身上头发上，人们发现后，小心地拿下来，将它放走，嘴里还要念叨着：“早报喜，晚报财。”这种小东西来到人身上，意味着来报喜报财，所以深得人们喜爱。

长大后看书，看到一个典故。古代有个母亲想子心切，一个晚上，一条蛛丝垂到她手头缝补的衣服上，抬头间看见梁间蛛网上一只蜘蛛，她觉得儿子要回来了。果然第二天儿子归来，从此蜘蛛便有了喜母、喜虫的称号。而且唐代有个官员，有一天早晨起床出门，脸前正悬着一只蜘蛛，便大喜，说：“喜虫天降，喜从天降！”不日后，他果然得到了升迁。从此，喜蛛蛛的说法便广泛流传开来。

即使现在，偶尔也会有喜蛛蛛爬上身，却似乎少了曾经的那份喜悦心情。也许长大的我们，变得不再朴实的我们，已经不能感动于与一只小小蜘蛛的相遇。可是，却在那么多酷似从前的情境里，它们都会从记忆深处爬出来，蹲在透明的网上，似乎是一种等待。

声音的涟漪

我喜欢水里或者水畔的一切声音。

不知道你有没有过，坐在悠然的水畔，风和树都睡着了，阳光也慵懒着，你的心也静谧无比，就像夏日午后的阒然。然后，你便听到了一种声音，轻轻细细，如一尾小小的鱼儿悄悄地游进你的耳朵。于是你的目光开始寻找，你发现，是一缕调皮的不肯午睡的风撞翻了一片荷叶，那丝声音带着一份清芳踏水而来，温润着你的心。

我想，如果你有过那样的一个夏日午后，你就会爱上那些声音。

静处之声，总是让人心底悄悄生长起一种只自知的喜悦。想起少年时的夜里，一个人走在空旷的荒野中，星月满天，洒落的清辉把脚步声都洗淡了。经过一个小小的池塘，它在月光下明亮如一面圆圆的镜子。忽然，一个清晰的入水声冲破了月光和夜色的封锁，带着湿润的尾音，落在我的心上。转头看，镜面上粼粼涟漪，似乎是一只刚睡醒的蛙，投入了镜子里的世界。而我的心湖里，也似乎投进了某种美好，喜悦的波纹扩散开来，只觉得这夜色也温柔无比。

很喜欢王维的两句诗："欲投人处宿，隔水问樵夫。"隔着一条山溪，与樵者问答，一来一回的声音，在山间回荡，然后纷纷落进水里，该是怎样地与自然融和而充满灵性。就像山溪那岸鸟儿的啼鸣，沾染着花香水气，已经成为耳朵里的风景。隔水之音，真的与平时大有不同。《红楼梦》里贾母两宴大观园时，让戏班子铺排在藕香榭的水亭上，说借着水音更好听。正值风清气爽之时，乐声穿林渡水而来，令人心旷神怡。不管什么声音，有了水的浸染，都会变得灵动起来。

而在我童年的记忆里，有一种呼唤却如遥远的花朵，淡淡的清香穿透沉沉的岁月，依然在心间荡起层层回响。一条弯弯的河流，淌过村西处，被一座大坝阻挡成一个水库，蓄积着盈盈而清澈的快乐。我们常常在傍晚的时候，追赶着夕阳的脚步，奔跑过大坝，跑到水库西岸的高冈上，追逐打闹，直到夜幕都已垂落，我们还浑然不觉，流连忘返。然后，村口就会响起母亲的呼唤，于是我的小名便拖着悠长的声调，掠过宽阔的水面，一波波地传进我的耳朵。然后，声音牵着我们的脚步，走回温暖的村庄。

而许多年以后，母亲曾经的呼唤，经常在梦里响起，把我的心拉回到那一段时光里。而那遥远的呼唤声，隔着岁月的大河，带着尘世的沧桑与温暖，一次又一次洗去我心上的尘埃。

少年的时候，曾在秋天的夜里，睡在松花江的大堤上。村庄在江北二十里外，中间是空旷的荒草甸。枕着一江涛声，盖着无边的月光，对岸的蛙声漫卷过来，和草甸里的蛙声连成一片。虽然万声入耳，可是心却极静，甚至听得到一缕风从对岸悄悄地走过来，听得到一尾鱼在月光下跃出水面再跌回，听得到日间不曾被留意的种种声响，此刻它们如小小的精灵，在水声之中轻轻地潜入我的心里。

而村庄西边的那条河流，却是热闹无比。两岸农田绵延，春种秋收，多少笑语和汗水伴着小河流淌。而小河北面的东岸，是一片墓地，一辈一辈，多少人长眠于其中。每有出殡送葬，哭声便和泪水随着河流涌向遥远。多年以后回想河两岸的悲欢，便记起了杜牧的一句诗：“人歌人哭水声中。”多少沉重而变迁的声音，也只有不变的河流能够全部承载。水畔生长的声音，仿佛带着一种传承，落入耳中，就会唤起很多似曾相识的往事。

我真的很喜欢水里或者水畔的一切声音。哪怕是多年以后，我坐在故乡的小河边，叹息声沉沉飘过河面，泪珠滴滴落进水里，这样的声音，我依然喜欢。

雪半消

这个时候的雪是温柔的，把阳光拥进怀里，不再拒绝那份暖。缠绵缱绻，就连风儿也受了感染，去轻轻摇醒每一棵沉眠的树。

东北的孩子都喜欢踏雪，虽然此时的雪是踏不得的。儿时不管不顾，和一群伙伴奔跑，那些半融的雪沾满了鞋子，有时跌倒就会湿了衣衫。不像冬天的雪易散易碎，它们此时极有黏性，可以任意塑形。堆的雪人也更完美，只是不能持久。

半融的雪是一场告别。眷恋着，徘徊着，燃烧着，是一种美丽的蜕变，就像蛹成蝶，蝉出壳，雪也在走向一个美好的情态。它们化作清溪春水，拥柳丝花影；或者回归泥土，或者升腾成温婉的云，或者淋漓成多情的雨。它们一点点地离去，一点点地消散，在季节的衔接处，完成一个无悔的谢幕，开启一段旖旎的行程。

于是，大地上最初的一片洁白，渐渐地变成零零星星的点缀，如点点滴滴动情的泪。虽然节气已到了春分，可是日子依然在冬季的边缘。就像我们的心底，希望已经慢慢葱茏，可脚步却依然行走在寒冷和黯淡之中。

很遥远的从前，很遥远的地方，东北大平原上一个小小的村落，少年的我还在春天里奔跑、欢笑。残留的雪在清澈的眼睛里，如天上纯白的云影。一从过年的氛围中走出来，人们的笑容就灿烂了，他们望向祖祖辈辈耕种着的大地，眼中仿佛已是耕牛遍野，稻菽遍地。那些雪，是被他们温暖的目光融化的。

少年们在田野里兜着大大小小的圈子，被掩盖了四五个月的大地，有着巨大的亲切感。又好像是曾经的大雪埋藏下什么宝贝，让他们的脚步不停地奔走。累了的时候，他们就坐在去年的枯草上，盯着不远处的积雪发呆。会觉得似乎只是一转眼间，人间就换了样子。那些雪和他们一样沉默着，不过少年们的沉默是短暂的，而雪却一直无言，直到连足音都寂然隐没。

比现在更晚些的时候，大地上便已经一片干净了，一点雪的影子都没有了。我们觉得冬天已经彻底了无痕迹，可是有一次我们呼啸着爬上一个高坡，却发现背阴的另一侧的低凹处，有着一小块盈盈的白。是雪，虽然也是半消，却依然存在。这最后的雪，虽然在没有阳光的地方，在低谷里，却能更长久地保持最初的洁白。

雪半消的时候，我们并没有太多的遗憾和伤感，也许雪年年都会如约而来，进行长久地陪伴。而且，即使它们离去，也会给我们带来太多的惊喜和感动。是它们唤来了一个充满生机的季节，它们也融入了这个季节，美丽延续着美丽。

就像明天，如果天气晴好，阳光照耀，在向阳的山坡上，在半融的雪中，也许就会有冰凌花，在蓝天下绽放一份金色的温暖。

野甸笔记

春天的时候，草甸上最热闹的时候来了，各种鸟儿飞来飞去的，不知在忙碌什么。有些鸟不怕人，就站在离你不远处的草尖上，小巧的身躯随着草儿起伏。只有走近的时候，它才“嗖”地飞走了，带动周围不知隐匿在何处的一些鸟儿呼啦啦地飞过摇晃的天空。有些鸟儿长得异常美丽，头上的花冠高高的，优雅地在水草间散着步，它们美得让人不忍心去伤害。

草甸上密布着大大小小的水塘，里面生存着各种鱼。那时常拿着网去捕鱼，有一次在捕上的一堆鱼中发现了一条很特别的鱼，起初以为是泥鳅。可是当我伸出手去捉它时，它蓦地翻过身来，竟伸出了四个脚爪，让我惊骇而止手，眼看着它从容地蹒跚至水边，钻进水里没了影踪。

有一次在寻觅鹌鹑蛋时，竟遇见了一只孵卵的野鸭，它当时瞪着一双亮亮的小眼睛看着我，丝毫没有飞走的意思。听人说野鸭在孵卵时不飞，可以用衣服扣住。我脱下衣服走向它，小心翼翼地，它忽然冲我凶恶地一张嘴一扇翅膀，竟将我吓得落荒而逃。转身间惊起一只栖息着的野鸡，它呼地飞过头顶，在阳光下闪烁着五彩斑斓的光，我竟看得呆了。

有时累了就躺在细细的草地上，看着蓝天白云，会觉得此刻的天地都离自己很近。忽然耳畔簌簌作响，转头望去，一只马蛇子正迈动它的四条腿飞快地窜入花丛之中。

夏天的时候大雨常常不期而至，于是飞快地钻进去的秋天打草人留下的小窝棚里。此时外面已是雾蒙蒙一片，一切都看不分明，那些虫儿、鸟儿也不知躲到了何处，只有蚊子不断地飞进窝棚。雨来得疾去得也快，只一会儿工夫就云开见日。阳光洒在甸子上，白茫茫的雾气慢慢蒸腾起来，空气中流动着青草和泥土的味道，沁人心脾。渐渐地，水雾散去，花尖上的水珠亮晶晶的。各种小生灵又活动开了，甸子上又热闹起来。水塘中的水满盈盈的，亮亮的充满了生机。

一场雨过后，甸子上便多了一层田螺，大大小小的，不知它们从哪里来。于是挑些漂亮的捡回去，晒干后用细线串起来玩儿。

在这个大家庭中最沉默的要数蚂蚁了，我曾仔细地跟踪过一群红蚂蚁，它们匆匆地爬过一大片草地，越过荒芜的古道，爬到那边高地上去了。

秋天来了，甸子慢慢地变换着颜色，草籽都成熟了，还有一些不知名的颜色鲜艳的小果。一些在这里过冬的小生灵便开始储藏食物了，忙忙碌碌的，为了换取一个舒适而饱暖的漫漫严冬。各种虫子多起来，有时从甸子里出来，就会骇然发现裤脚上伏着一只硕大的虫子。这些虫子常常藏于草叶的背面，偶尔啃食草叶，剩下的就是餐风食露，等待着死亡的来临。七星瓢虫多得像星星，我们叫它们“花大姐”，在阳光下四处乱飞，常常直直地撞上你的身体，然后便伏在上面。

有一次我看见一只老鹰低低地飞着，两翅平展足有近两米长，竟吓得我不敢稍有异动。它盘旋了好长时间，终于一个俯冲，再飞起来时，一个小小的野兔已成了它利爪下的猎物。老鹰笔直地向上爬升，越来越小，成为蓝天上的一个黑点，最后消失在视野中。我对着空荡荡的蓝天呆了好久，仿佛它把我的心也带走了。

甸子深处的草长得极为茂盛，又细又长，人们用来修葺房顶用的。每一年都有许多人来打草。打草有的钐刀刀头酷似镰刀，但比镰刀要大得多，刀柄也有四五尺长，极为好用，一割就是一片。有时随着草的倒下会有野兔惊慌地窜出，于是扔了刀便去追野兔。野兔跑得快，东奔西走间便没了影儿，而有时它会慌不择路，冲下坡地，由于它前腿短后腿长，冲下坡地时会一个跟头栽倒，成为打草人的意外之喜。

天黑了，我曾和叔叔在甸子上过夜。那是搭起来的小窝棚，铺些干草，倒下便睡，钐刀放在身侧。此时甸子成了青蛙的天下，四面的蛙声响成一片，偶尔也会有蟋蟀的一两声长鸣夹杂其中。睡不着的时候我走出窝棚，沉沉的夜垂在甸子上，月亮又大又圆，风吹在茂草上发出轰轰的响声，于蛙鸣中听得分外清晰。忽然间蛙声全止，接着便会有长长的狼嚎在野甸深处响起，那声音如婴啼鬼哭，令人毛骨悚然。没有月亮的夜是漆黑的，星垂平野，这时我们便会去放荒。选一块草矮且枯的地面，点燃一簇，火焰便向四周蔓延。待燃起一片时，有风吹来，火焰便不再以圆周向四外扩散。风吹得火苗低向地面，火势却逆风而行，迅速地向风来的方向窜跃。一会儿工夫，野甸上便出现一片火焰的湖。从远处看，它撕开了夜的一角，蔚为壮观。有时兴之所致，会在火上烧些黄豆，或干脆捉些青蛙，剥了皮，串在铁丝上烧，撒上盐末大嚼一番。

夜深了，回到窝棚里，躺在干草上，一天的劳累袭来，便一动也不想动了，任凭蚊子在头顶盘旋不去。渐渐地，蚊子的“嘤嘤”声成了耳畔入梦的序曲，蛙声和甸子上的风吹草动已遥远，梦便近了。有时午夜惊醒，从窝棚的缝隙向外望去，四际沉沉，远处村子里偶尔有灯火闪烁，便有了一种远在天涯的感觉。

我曾在甸子深处发现了一处墓地，土坟星散，有的坟有人整理，年年填土，比较高大。而有的坟则任茂草漫过，与野甸连为一片。能长眠在这里是幸运的，有着不为人知的喧嚣与宁静衬浮着永久的梦境。

野甸上的日出来得早，太阳刚一露头，便被草儿轻抚着红红的脸。远远望去，红日被细长的草叶分割得支离破碎。渐渐地，有雾气漫上来，整个草甸沉浸于氤氲变幻之中，蒸腾着一天的希冀与繁华。

几场雪过后，甸子里便完全失去了昔日的容颜。有些枯黄的草叶从厚雪中伸出来，在寒风里瑟瑟地抖着。即使如此，甸子上也是热闹的，人的脚印四通八达的。

那些结了冰的水塘有的被扫得冰层灿然，成了孩子们的乐园。有时在枯草丛中会看见隐匿着的猎夹，周围也有着细碎的足迹，分辨不清是什么动物留下的。它们有时躲得过寒冷与饥饿，却躲不过陷阱与猎夹。

许多年以后在回忆中回望，那片野甸已成为我生命中永不更改的底色。我曾试图再次漫步于其中，去追溯那些久远的梦。可是曾经的景物全非，那里已是大片大片的稻田了。看来，大地上的一切是同我的快乐一样，逐年的减少，最后只留下记忆的温暖。

可是我心中的野甸却依然在摇曳着，飘雨飞雪，草黄花开，翩翩然起伏成生命中每一度的感动。

踏　雪

看小说《杀死一只知更鸟》，有这样一个情节，这一年天气反常地冷，小女孩库斯特有一天早晨起来，往窗外一看，立刻惊呼，末日来了！她父亲过来一看，说是下雪了。其实他也没有看过真正下雪，那里根本不会下雪。于是她和哥哥开始玩雪，小心翼翼地踩着雪走，来来回回运雪，踩着之前的脚印，怕把雪浪费了。

我记得小时候，也曾这样在雪地上踩着自己的脚印来回地走，可是，我却不记得第一次对雪的印象了。雪每一年都来，一住就是几个月，我生命中第一次面对下雪的情景，早已湮没在年复一年类似的情景之中。每一年都类似，下雪了，在雪地上走或者奔跑，无师自通地堆雪人，或者追逐着打雪仗。

在那样热热闹闹玩着的时候，总会有一个孩子，也不是固定哪个孩子，在人群的外面，在洁白的雪地上，自己慢慢地走。盯着自己的脚，不时地回头看踩下的脚印，是否整齐。或者脚尖外张，一步一步，每一步脚跟都相对，踩出一道拖拉机走过的轮印。然后欣赏自己的作品，再小心地沿着脚印退回来，不忍破坏。而不远处的喧闹，都在自己的世界之外。那个孩子看似孤独，其实内心丰盈无比。那个孩子，或者是我，或者是你。

村西高处，有一些雪被北风吹得极硬，成为一层硬硬的壳，而表面却与别处雪地一般无二。只有走上去，才发现，真的可以做到踏雪无痕。儿时的踏雪，没有忧烦，只有一份天真的乐趣，即使疲累，也是温暖的。

就像那一次，我和姑姑家的表弟，都是十岁左右吧，我们从六里外的叔叔家里往回走，大雪依然不疲倦地下着。起初的时候，我俩都是一路小跑，互相追赶，脚步在厚厚的雪地上留下一串串欢乐的痕迹。后来我们就累了，大团大团的白雾随着呼吸在我们眼前凝而不散，脚下的雪也柔软地羁绊着我们。于是坐下，再躺下，看着漫天的雪花从虚无到清晰，纷纷扑面而来。我们的脸上依然笑着，虽然累了，可是雪并不疲惫，所以我们也不烦恼。

从游戏的踏雪，到赶路的踏雪，累却快乐，冷却流连。

往往是夜里一场大雪，清晨费力推开房门，院子里的雪地上，已是精彩纷呈。花狗踏出的梅花图案，几乎遍及每一处，它应该是最早踏这场雪的生灵。小鸡们写下的一路“个”字，一直延伸并上升到窗台上。鸭和鹅画下的大大小小的枫叶，兜兜转转，看不清起始。而白猪们的蹄痕却一片凌乱，南园的杨树上，那些缠满雪的枝，会清晰地看见上面麻雀的爪痕，它们踏在高处，像是逐雪而来。

满院的精灵，和遥远的雪，都曾入梦。那些永不再来的时光，如一场雪的消融。许多年以后，也曾踏雪走过太多的路。却只有冷，只有累，只有怕跌倒的心思。无复儿时那般，跌倒就在雪地上躺一会儿，看看雪花怎样扑向大地。累了也坐一会儿躺一会儿，不怕弄脏了衣服。我知道，我丢了那场雪，那场快乐的雪，在遥远的岁月深处飘落着。

于是特别怀念那个孩子，在人群的欢乐之外，孤独地踏着雪，心里盈溢着只自知的幸福。那个孩子长大了，他的心也如雪一般，或在世事的寒风中变硬，或在别人的踩踏里变硬。只是那种硬，不是执着的硬，虽然硬，却一直洁白。而且，也不是一直的硬，在任何的一种温暖中，它都会变得柔软，慢慢融化，融化成暖暖的流。那个长大的孩子，依然或者是我，或者是你。

或者，让那个孩子在我们的心里永不长大。于是我们保持着那份洁白和美好，如那一场永不疲倦的雪。

书畔流光

在阳光下看书，总是一件惬意的事。无论冬日暖阳、春日艳色，还是夏阳如瀑、秋阳如洗，都透过红尘里一扇静静的窗，让情节更生动，让目光和心情更明媚。仿佛一个怀抱，置身其中，而心在书中，一种内外交融的暖。

在月光下看书，更多的是有所思。三五之夜，月明如镜，此时宜读诗词。虽依然幽暗，但是长长短短的句子，只略略数眼，便可看个分明。然后，就是在那种意境中，在月色里，生发出无穷无尽的想象。便觉身心通透，心醉神驰，如月光弥漫，无远不至。

在烛光下看书，红焰伸缩摇曳，光影微微荡漾，于是书上的每一个字便都活了起来，纷纷跳入眼睛，落进心底。这是一个很遥远的情景，静、美、暖，喜欢那样的晚上，烛光点亮了长夜，情节却生动了心灵。

在灯光下看书，便没有了夜的感觉，渐渐地，情境便都淡下来，只有书在影响着心意。此时最为专心，眼中心底，只有书，没有夜，没有灯，没有外界生发出来的种种。书便是灯，情节便是全部，忘我而忘情。

炉畔读书取其暖。依然是不再重来的情境，巨大的冬天湮没了人间的村落，一炉红火便烤热了所有的心情。一卷在手，一个美妙的世界缓缓绽放，流连而忘返。当多年以后，奔走在世事的风霜里，书便如曾经的炉火，焐热生命中太多的苍凉。

花畔读书取其香。或春日树下，落红如雨，书页间便有了许多芬芳的书签，定格着每一个心动的细节。或夏日郊外，野花恣意天涯，坐在其间，蜂蝶为邻，书上落满花香和阳光，便醉了浮生。或冬日的阳台上，有花盈然，暗香流暖，轻拥着在故事里陶醉的我。只记花开不记年，书香花香，岁月长长，充满了情意。

水畔读书取其幽。或一潭深静，或一河欢唱，或盈湖荷花暖，或满溪流水香。坐在岸上，独对浮沉潋滟，水声盈耳，波光满书，洇润着情节也洇润着心境。书犹流水，纳天光云影，融万事万物而无痕。读书至此有如参禅，人生许多至境至趣，往往不期而遇。

枕畔读书取其梦。喜欢半床明月半床书的意趣，也喜欢以书为枕的情怀。每日睡前，如果不看上几页书，便觉得睡不安稳。在书的内容里，日间纷繁的都一洗而净，万虑皆宁，渐渐瞑然，抛书而眠，眠而有梦，梦里依然是书中美好的延续。

文字浸怀，书香洇梦。多少书曾在我们身畔缱绻，慢共一生时光。无论在怎样的情境中读书，都有着入目入心的情怀和感动。依然是那一句，不管多长的路，书是唯一的行李。

正逢春暖，阳光渐暖，积雪渐消。看到一群孩子在东风里奔跑，似乎看到远天底下，正滑翔着候鸟的身影。忽然他们停下来，一个孩子说，走，看书去。心下顿时暖暖，如春水初生。

多好，走，看书去！

雪细细地落

开始我以为那是我生命中的第一场雪，带着突如其来的寒凉，落进年少的心底。那是搬进城里的第一个冬天，从天高地阔到繁华的困囿，墙角的一株草都能引发长久的怀念。一直觉得少年时的流离，是仓促间告别了成长的无忧，当乡愁成为最初的底色，整个生命都会镀上一层永远抹不掉的苍凉。

那个十月的午后，我走在一条很安静的街上，小小的雪花在周围悄悄地飘落。刚刚公布了期中考试的成绩，本来在乡下一直很优秀的我，等来的却依然是一种很深的失望和失落。而且在走出校门的时候，几个高年级的学生，强行把我身上的零钱都“借”了去。所有的一切，都叠加成一种冷，由内而外的冷，就连北风吹在脸上，都没有了知觉。

我倚在街旁的路灯杆上，心里纷纷乱乱，就像漫天的飞雪。后来看有人骑自行车过来，经过我不远，便停下来。那是我们的语文老师，她把自行车支在路旁，同我一起站在路灯杆下。雪细细密密，粘在我们的头发上，在脸上融化。然后时间就流走了，虽然短短的半个小时，却有着长长的回味。

当时我说了很多的话，老师静静地听，隔着几片飞雪。许多年以后，我依然记得老师说的两句话，一句是：“我也是像你这样的年龄离开的家乡。”还有一句，是在和老师告别的时候，当时雪已经无声无息地停了，就像我的许多心事尘埃落定。她推着自行车，忽然回头大声说：“我喜欢你淳朴的样子，因为我也是！”

那样的时刻，所有的雪都温柔地铺展在脚下，每一条路都那么洁白。

1988年的春天，我一直处于一种巨大的失落之中。那时父母已经决定，我们全家要从乡下搬进城里。那些天我经常在村里村外来回地走，虽然雪刚刚融尽，大地还是一片萧条，可我依然用心记取着一切，村西的小河，村头的半截大坝，村南的大草甸，村北的树林。还有我家的院子，院子里的花狗和白猪，许多的鸡鸭鹅，房檐下的燕巢，南园里的杏树。我努力回想着去年夏天时，这一切的葱茏与喧闹，今年也依然会如此，只是少了我。

然后有一天就下了雪，这么晚的春天下雪，也是很少见的事。雪很小，很细，轻轻地落，就像一场告别，就像一场送别。而对于我来说，这是故乡最后的雪，也是最后的美，以后的日子，我想象不出会怎样，也不知道会有什么样的际遇，在等着不安的我。对城里生活的憧憬，远没有对乡下生活的眷恋强烈。

而果然是如此，搬进了城里，所有的一切都那么陌生，在新的学校里，我是那么格格不入。仿佛原有的世界崩塌了，我站在那里，满是彷徨。

我曾经在一篇作文《最后的雪》中，描写了离开时的那场雪，和我所有的心情。作文本发回来时，这篇作文的后面，老师的红色字迹占满了一页，她说：“还记得去年初冬时，咱们在路灯下的交流吗？那时下着第一场雪。其实，第一场雪是一种美丽的开始，最后一场雪是另一种美丽的开始。在这个世界上，没有什么真正的结束，有的只是另起一行，重新开始！”

还有许多的话，已经记不清了，而那份温暖却穿透许多的岁月，恒久不变。这么多年里，辗辗转转，来来去去，即使再沧桑的雪，我的心里也会有着一份感动，而不是苍凉。因为真的没有什么是真正的结束，有的，只是另一个开始，只是美丽的延续，就像心底的希望般，生生不息。

一滴风落在眼睛里

刚一走上玻璃栈道，女人便腿发软，捂着肚子蹲在那儿闭上眼，浑身发抖，脸上淌满了汗。男人本来也是心里恐惧，可是一见女人的样子，便笑：“我们的女侠怎么也有如此软弱的一面？真是千年难得一见啊！”笑完，便上前将女人搀起，女人的身体几乎是紧靠在他身上，女人走在外侧，下面的深渊历历在目。男人用力半搂半架着她，慢慢地向前走，都努力不去看脚下的深谷。

女人是很有传奇色彩的。幼时习武，少年时和民间高人学习自由搏击，中学时便被省里武术队选去。可是还没等她在比赛中拿到什么好成绩，又被某个神秘的特种部队看中，辛苦地训练了两年。便参加了工作，工作很简单也很复杂，便是有重要的外国友人到来时，负责他们的人身安全，应对各种突发情况。平时就是训练，由于某些原因，外出也不那么方便，甚至通信和与人交流什么的都受到一定的限制。

从女人的外表看，是很纤小柔弱的感觉，谁也不知道她的巨大爆发力从何而来。这样的工作一直做了六年，她便申请退役，理由是身体的原因，就是见风容易落泪，而且近年来更为严重。还有些别的训练后遗症也是经常发作，怕是不能更好地完成各种任务。于是她便回到了家乡，开始了很平凡的工作和生活。

男人继续搀扶着女人行走在玻璃栈道上，走得很慢，搂得很紧，就像这一生就要这样相拥着慢慢走过。女人偶尔抬起头来看着男人笑，眼中却是点点的泪花。男人便打趣："这么厉害的女人，还会哭啊？"

女人说："你知道我眼睛有毛病的，有一滴风落进去，都会淌眼泪。我才不是被吓的呢！"

男人笑："你那就是人们说的风流眼，不算毛病，怕了就哭，有我呢！"

女人把男人的腰搂得更紧了些，脸上笑着，眼睛哭着。

她从小就是这样。她记得第一次，正在外面玩，便觉得有什么东西随风进了左眼，流泪不止。她很惶恐地找妈妈，妈妈说是沙子迷了眼，吹吹就好了。可是并没有发现眼里有细小的沙粒，她就说，不是一粒沙子，是一粒风，不对，是一滴风，像水一样，凉凉地就闯进眼睛了。

从那以后，她就经常为突如其来的一滴风而流泪。不过泪来得快，停得也快，就像那一滴风很快地在眼睛里融化成泪，淌出来就好了。渐渐地她竟有些喜欢上了这种感觉，虽然在习武和训练的时候，别人都笑她吃不了苦哭鼻子，可是只有她自己知道，自己的眼泪和别人不一样。

男人和女人终于走完了栈道，都是一身的汗。转过一个弯，在下山的时候，有一段路没有护栏。女人依然走在外侧，紧挽着男人。可能是刚刚经历了玻璃栈道上惊吓，她脚步虚浮，忽然又皱着眉捂着肚子蹲在那儿，身子向路外的悬崖慢慢栽倒。男人大惊，用力将她搂过来，扶起，她带着眼泪幸福地笑："你终于也能保护我了呢，好喜欢这种感觉。放心吧，我不会掉下去的，我怕你会一辈子心里不安，觉得没有保护好我！"

他们相识两年，便结婚了，结婚两年来，日子在平淡中幸福着。刚谈恋爱时，他们逛街，遇见几个小地痞流氓的骚扰，男人在畏惧中依然勇敢，可是女人已经很快结束了战斗。男人虽然知道女人从小习武，却没想到会是这么厉害。他并不清楚女人的经历，只是知道她曾进过武术队，也进过部队，后来在一个很大的部门里工作过。从此，他们一上街，男人就会开玩笑地说，有她在身边，很有安全感。

不过这种事并不是总能遇上，虽然男人有时候还真挺希望再遇见几个流氓，看看女人的英姿。后来真的有了一次机会，晚上他们看电影回来，看见有几个人在胡同里抢劫，女人便冲了上去。虽然很干净利落地将几个人放倒，她却也捂着肚子蹲在了地上。男人很担心，女人说：“以前训练时留下的暗伤，没大事的！”

旅游回来后，他们的生活又恢复了原来的平静。只不过女人的后遗症越来越严重，经常肚子疼得直不起腰来。男人多次想带她去医院，她都固执地说是当年训练时留下的旧伤，没关系的，养养就好了。然后，男人再也没看到过女人大展英姿，女人和他出来散步的时候都少了，再然后，她便卧床不起。

那个时刻，女人拉着男人的手，艰难地说：“我最怀念咱们一起走玻璃栈桥时，你保护我，多想让你一直保护我……”她泪如雨下，男人强忍悲伤，问：“现在也没有风，你怎么眼泪止不住了？”女人看着男人的眼睛，说：“傻子，你的呼吸就是风啊，一滴接一滴地落进我眼睛里了！”

男人转过头，眼睛红红的。他老早就知道，女人去检查过身体，他也知道检查的结果。只不过她不说，他便也不说。那次旅游，他紧紧地搂着她，就像是紧紧地搂着她正在消散的生命。

再后来，男人走在街上，每当途经曾一起走过的地方，便会觉得有一滴风落在眼睛里，然后就融化成了泪，不能自持地从脸上滑落。

一滴眼泪的行程

在大观园里，黛玉哭的次数是最多的，有来由地哭，没来由地哭，朝啼夜哭已是寻常事。就像李后主的“此中日夕，只以眼泪洗面”，只是李煜所哭，是因为国破家亡，而黛玉，微小的触动，就能让眼泪启程。她眼水的行程很短，似乎刹那间就由心至眼，却又是很长，从前世流到今生。

多少的眼泪都是如此。有的人春恨秋悲，感月伤花，临风对酒之间，总有一些东西能把眼泪牵引出来。可是真正到了伤心伤情的时刻，却是一滴泪也没有。甚至会笑，长歌可以当哭，那些泪已化作另一种形态，不再如雨，而是如水如冰，冷冷地凝着一种清澈的伤悲，也蕴含着深深的遗憾，或者悄悄的力量。

以前班里有个女同学，就极易哭，老师略重的一句批评，同学稍过分一点的玩笑，甚至在看小说的时候，都会红了眼睛，湿了世界。而且经常一个人发呆，若有所思之间却是悲愁万状。于是我们就私下里猜测，她的家庭或生活中，肯定不如意不顺心的事极多，才会如此易感易伤。可是后来我们知道，她的家庭和生活，都是幸福得让人羡慕，便都腹诽，她就是吃饱撑的。再后来，情况急转直下，她的一切，都转变成我们曾经的想象。她父母在一次车祸中双双身亡，昔日所有，都成最痛的记忆。我们以为她会终日以泪洗面，可是她却真的再没有哭过，眼睛晴朗得像冬日的天空。我们知道，她的柔软的眼泪已抵达终点，她坚强的心却才刚刚启程。

而现在许多人都已经不会哭了。有时候并不是因为坚强，而是心上起了层层的茧，脸上也戴着层层的面具，没有一个情节可以击穿这些所谓的防护，把心里的冰融化成滚烫的泪。他们的眼泪还没有出生，便已经夭折。更可悲的是，太多的人，把这种麻木当成了坚强。而有的人，却是冷静，却是理智，即使有泪，也只在心底翻涌，不会溃了那道堤。

在《红楼梦》前八十回里，最端庄冷静的宝钗，似乎只哭过两次。两次都起源于一个事件，就是宝玉挨打。宝钗来看宝玉，这时她也只是眼圈微红，含着泪，那两滴泪已经迈出了门槛，估计随着宝钗迈出宝玉的门槛，就会倏然落下。这是最温暖的泪吧，而她回去后，质问哥哥，却被哥哥气得哭了。这时的泪，就复杂了，而且第二天，她来到母亲房内，又哭了。不管怎么样，都是宝钗心情的一种流露。作为大观园里最理智的一个人，她的泪，会落在我们心上，就像忽然花开，任是无情也动人。她是一块冰，偶尔的消融，却是最暖的流。

所以，某个人忽然落泪的刹那，是最真实也最动人的时刻。某一天，你会看到一个人面前对着一河流水，或许是什么触动了心底的柔软，便泪光莹莹；或者在满室喧嚣中，有个人忽然低下头来，泪水偷偷滑落。就像是一只猝不及防而又温暖的手，一下子就打开了心底的一个闸门。这样的泪水，会落进我们不经意的眼睛里，然后再落进心里。

刚参加工作的时候，单身，住在职工宿舍。有个同事，严肃，不苟言笑。有时候会觉得，不总是笑的人，也一定不会哭。事实上也差不多，这个同事，就像一堵移动的墙，很难沟通交流，大喜大悲的情绪，根本不可能出现。可是在一个失眠的夜里，我竟听到他在哭泣，而且是在睡梦中。后来他醒了，便没有了声息。后来熟悉了之后，笑谈起那个夜里的事，他说，他都是在梦里哭，在梦里释放，可是眼泪却流进了现实里。后来被我发现，又问起，就觉得也没有什么，才渐渐地可以放开，可以笑，也可以哭。

一滴眼泪的行程有多久多远，或许会穿透漫长的岁月，或许会穿透重重的梦境，或许会穿透生活的厚重与坚硬，而有时，或许只是穿透了心底最柔软的角落，那滴泪便落在清风里，阳光下，温暖中。

偶尔的眼泪，不会泥泞路途，却能洗亮世界。

第5辑

节气里的旧时光

十二座光阴的小城里，住着我们所有的心情，在世事的苍茫中，在不变的轮回里，每一次回眸，那些闪亮的脚印都会串起一程又一程的美好。

立　春

春天，开始于日历上的这两个字，开始于父辈们念叨“打春阳气转”，开始于老人们扳着手指头说“春打六九头”。实际上呢？在我们东北之北，根本没有春的迹象，天依然深深地冷，雪依然欢欢地下。冬的余韵太漫长，春天只是先递进来一张名片，依然在门外很远的地方徘徊。

小时候曾问过大人，皇历上明明写着的是“立春”，为什么偏偏叫打春？大人们对此也是说不清，村里稍有学问的人也语焉不详，只是告诉我们，这是从古代就有的一个节气，可能是一种什么仪式。不过，我们真的没有什么春天的感觉，除了母亲看看皇历上写着的具体时间，几时几分立春，便准备好萝卜，或青或红，洗净切成片，到了那个时刻，一人分一片，吃掉，说是“啃春”。于是，倒是真的从萝卜的清香味里，嗅到了一丝春天的气息。

我们这里素来就有年前春年后春的说法，就是立春在春节之前还是之后。如果逢上今年是年前打春，明年是年后打春，那么这一年的农历十二个月，便没有了立春的节气，被称为“寡年”，无春年，旧时说不宜结婚。

在打春的这半个月里，依然是寒假，我们依然在村庄外的雪地里奔跑。也会一天天地觉得，脚下的雪似乎松软了许多。风依然猛烈地刮，不过不记得是从哪个方向来，虽然是不变的冷，却感到风里少了一些东西，又好像多了一些东西。年少的心里，关于春天最初的印象，早已随着那一片萝卜而消散。

村里最老的老人，这个时候会站在村口，看着广阔的大地，大地上的雪依旧那么厚，大地上的我们依旧无忧无虑。老人一辈子没有离开过这片土地，他似乎比村庄更苍老，某一天，他会看着这片熟悉的大地，说："地气通了！"

所以，在我们村，最先知道春天来的，是这个最老的老人。于是我们顺着他的目光看，仿佛也看到大地醒了，一个呵欠接着一个呵欠，正在慢慢地掀开身上厚厚的被子。而我们真实地看见的，却是那些倏去倏来的麻雀，羽毛的颜色比以往淡了许多。还有院子里的精灵们，脚步也轻快了许多，它们，可能也感受到老人所说的地气了吧！

立春。立，始建也。春气始而建立也。春气无声无息，无痕无迹，在这一天，在这一刻，轻轻地进入人间，就像一个温暖的梦，悄悄地进入长夜。

后来，我终于知道了，为什么叫打春。的确是一个古老的仪式，泥土做成春牛，站在门口，在这一天，人们用红绿的鞭子抽打它，有"催耕"之意，希望有个丰收的好年头。泥做的春牛被打碎，人们便把那些碎片捡回来，视为吉祥之物。

春天就这样被唤醒了。

现在早已没有了这样的仪式，那头泥做的春牛，就在心里。它挨了鞭子，疼得撒了欢儿地奔跑，就像，它蹄下那些也正在撒了欢儿地生长着的万物。

于是，春天，就真的来了。

雨 水

在我们这里，雨水，是一个经常被忽略的节气。虽然立春也是在寒冷的时候，可毕竟是一个开始，所以在人们心里，总会有一个温暖的印记。而雨水，正逢正月，在年的气氛中，一不小心就过去了。

东风解冻，散而为雨。对于我们来说，是在书上。在身畔流连的，还是雪。小时候翻看挂在墙上的老日历，对“雨水”两个字很是不理解，大人说，在山海关以里，很广阔的大地，已经落雨成溪，潺潺流入江河。从那时候起，我的心里便有了远方，这一天，那里春风化雨，桃李待发。

雨水没有雨，雨还在远方，在路上。它刚刚走过江南，走过中原，慢慢地向东北走来。于是我站在雪原上，站在凝固了形状的河流旁，站在冬季的边缘，目光飞舞向苍茫的天际，让一场遥远的雨湿润着眼睛。

不过，真的是不一样了。特别是在乡下，会感觉到一份温暖悄悄来临。大地上的雪，颜色黯淡下来，踩上去，会有别样的软，不是来自雪本身的轻柔，而是雪和风的融合中，一种略带着黏稠的软。而在城市里，洁净的只有风走过的街道上，还依然是寒冷。

风不知不觉地转了方向，从东方浩荡而来。天气晴好的中午，阳光洒落，风也暂时停下了脚步，温度也在零摄氏度左右。房顶上的雪离阳光更近，开始融化，在房檐处滴滴答答。这是我们自己的雨水，也滴落成温暖的足音。虽然只有短短的半个小时，却穿透了整个季节的渴望。然后房檐下便挂满了冰溜子，仿佛凝固的雨，闪耀着透明的期盼。

九未数尽，冬天便依然深浓，它占据着春天的光阴。而春天，却一点点地渗透进来，就像一滴滴的雨渗进大地，慢慢地洇成一片潮湿。据说在遥远的地方，雨水这一天，也会有许多有趣的风俗，而在此处，这一天，就是一个平常得不能再平常的日子，湮没在正月的时光里。或许会有人看日历时，偶尔想一下，或者想起的时候，已经过去了好几天，只能回想。而想来想去，也只是意识到已经到了七九八九的时候，什么七九河开八九雁来，和雨水一般遥远。

如果说，立春像一个盛装的女子，迎着众人的目光招摇而来，那么，雨水就是一个平凡的灰姑娘，朴朴素素，悄手悄脚地躲在立春的背后，在人们的目光和心思之外，轻快地擦肩而过。可是我们总是会回过头来想念她，在追忆中把她想得很美，而在明年，依然会错过。

即使是追忆，是回想，心里也会有着一种濡湿的温暖。这就是雨水，有着浸润心田的魅力。就像平凡的力量，总能穿透心上的茧壳，濯尽心上的尘埃。

只要心里是温暖的，就好。

不管雨水这个节气是怎样的无声无息，无痕无迹，春天，又迈出了第二步。

惊　蛰

通向春天最短的路，是从眼中到心里。虽然在这东北之北，刚刚飘落一场大雪，真实的春天还远，可是节气的足音却依然响彻。所以，我还是感觉到了春天，在萌动着的心底。

“万物出乎震，震为雷，故曰惊蛰，是蛰虫惊而出走矣。”春雷还在酝酿，虫儿们也还在酣眠，春天的身影总是落后于它的足音。比如惊蛰，还要再过上一两个月，才能听到那一声唤醒蛰伏万物的响雷。

记得小时候，在黑土地上的那个村庄，每年春天的第一声雷滚滚响过，老人们会眼望着远远的天地相接处，念叨着那半句祖辈相传的农谚：“雷打一百八。”然后计算着180天后的那一天，那一天，开始下霜。

一年的节气之中，只有春天是和现实脱节的，过了立夏，季节便加快了脚步。所以春天的节气，我们都是后知后觉，总是从书上窥得些许片段，然后在未来的日子里，去一一体会和验证。

当老人们听着天边的雷声滚过，当他们的目光在清朗的天地间远游，我们却是奔跑在长长的东风里。在惊蛰的半个月里，已进入农历二月，书上说，遥远的地方，桃李已经蓓蕾初绽，黄鹂儿也开始婉转啼鸣。真的很遥远，在时间上，在空间上。而我们奔跑在村外的旷野里，会突然听到几声布谷鸟的叫声。那声音从高空里飘落下来，带着悠长的余韵，牵绊住我们的脚步。全抬头看天，寻觅那一点小小的身影。

这是很偶然的事。布谷鸟多是在春末夏初大批出现，这一只，是多么勤快的一只，不知从哪里飞来，翅上驮着阳光和长风，带着神秘的使命，早早地飞过我们的眼睛。它的叫声代替了春雷，用另一种语调呼唤大地上的事物。

而那些蛰伏着的生灵，虽然还在沉睡，可是也已走向梦的出口。就如被桎梏了一整个冬天的我们，在雪未融尽的大地上奔跑，仿佛从一个长长的梦里跑出来。虽然没有雷声震耳，没有桃李争春，心里却有着最美丽的期待。如此，就够了，就不算是辜负。

惊蛰在九九艳阳天，一场雪过后，天空清新如洗，发上和衣襟上开满了阳光。那些雪，也在大地上缓慢地燃烧，散发出一种浅浅淡淡的暖。于是，虽然河未解冻，眼波却柔柔流淌；虽然草木未华，心底却缤纷灿烂。原来，我蛰伏沉眠的心，早已经被唤醒了。

年年此际，春和心都渐入佳境。巨大的冬天已在身后渐行渐远，还有那许多沉迷的梦。我们的生命中，总会有一声惊雷，震散消沉和迷惘，让心底的希望萌动，前面，一个新的开始，万物葱茏。

春 分

春天是一个长不大的孩子。

他的眼睛如天空和流水般明澈，他经历了充满生机的成长，到了春分的时候，终于会走路了。他欢笑、奔跑、跌倒、爬起，弄了一身的泥巴。

春分地皮干，依然不是我们这里。我们这个春天的孩子，此时刚用笑声融化着冰雪，大地上一片柔软的泥泞。春天的身影清晰起来，冬天只留下一点点浅浅的足痕。温暖的气息在天地间流动，季节等着和那些欲醒的精灵们相会。可能此时，燕子正在归途，于云路中追赶着春的脚步。

雨偶尔会来，却是短暂的星星点点，以一种试探的姿态，犹犹豫豫地一触即走。风却是连绵不断，拖着长长的尾巴，把大地上的积水和泥泞扫净。田地间依然一片寂寥，雪已尽，黑油油的泥土裸露着一种期盼。距离耕种还早，仓里的种子早已迫不及待。

春天开始深了。很羡慕中原或者南方，大地上已经一片生机。杨柳依依，草长莺飞，春水如眸，踏青的游人如织，那是想象里的美好。我们这里却是无青可踏，如果非要出去走走，只能踏着风，踏着阳光，踏着一份希望。

读欧阳永叔的《阮郎归》，春意便扑面而来，“南园春半踏青时，风和闻马嘶。青梅如豆柳如眉，日长蝴蝶飞。”虽然东北也是春半，梅却不来安身，柳亦初醒，蝶儿还在前世的茧里努力着奔向今生。

喜欢春分这一天，阴阳相半，昼夜均而寒暑平。就像中年的我，走到人生前后的分界线上，无论回顾的怅惘，还是前望的迷茫，而在此时此地，却是平和而灿烂。

虽然南北遥远，在这一天，还是有些东西是相同的。一年中，迎来了第一个昼夜相等的日子，一种特别的感受。就像付出与收获相等，就像悠闲与充实相等，就像喜与悲相等，就像寒与暖相等。白天和黑夜完美而圆融，尚未此消彼长，尽管一年只有两日，虽是结束，也是开始。

我们在这个节气的日子里，也并不只是守望和想象。我们脱去了厚重的衣裤，走在东风里，踩在松软的大地上，便感觉轻盈欲飞。记得儿时，这样的晴好的日子，我们东邻西舍的几个孩子，会在南园的两棵杨树上，系一根绳子，便是简陋的秋千。于是季节便同天地一起摇晃在眼中，在身畔。虽然杨柳未舒，花草未萌，心里却已经开满了喜悦的花朵。

春天的一半过去了，另一半正在继续。不管身边是冷清还是萧条，但毕竟正走向繁盛。美好的约会正在开始，多姿的梦想也已经启程。

所以，春分，虽然没有千里莺啼，没有万亩花开，没有流水送暖，没有燕子呢喃，却依然是我心中的最美，最美的热爱，就像，我生命中的此刻。

清　明

曾经在很长的岁月里，我都刻意回避这个日子。或是匆匆而过，或是待之如平日，仿佛那一缕悲伤的思念，化风化雨，使得心里满是阴云。

后来就渐渐明了，清明是指一段节气的时日，并不单单指这一天。不过这一天，很难得有晴朗的时候，古诗里的那场雨到今天也没有停。清明的气清景明万物皆显，却是始于一天混沌，或者一场细雨。

风已经开始无边无际地刮起来。家在东北大平原上的时候，在这个节气的每一天里，风都是汹涌着席卷天地。儿时的我们喜欢在风里奔跑，用布片做成的小旗在头顶猎猎地飘扬。大地软软的，也眷恋那种跌倒的感觉，就像投入一个巨大而温暖的怀抱。布谷鸟多了起来，从遥遥的高空飞过，一串串的啼鸣飘落下来，缀满了整个村庄。

大地上已经渐露生机，河已经开了，一路唱着清清冽冽的歌，送走天光云影。偶尔的一些地方，草已经萌芽，羞羞怯怯地躲藏着。树们也悄悄地改变着颜色，一点一点地绽开笑容。农耕尚未开始，田地在积蓄着温暖。

偶尔也会有雨，也是细细的，带着微冷。并不是很缠绵，常常星星点点，一时半会儿就结束。来去无痕，却也曾湿了流光，润了万物。

怎么看，也不是暮春的时节。中原和南方，早已花开花谢，我们这里，才开始走向欣欣向荣。草长莺飞的画面，才在画布上点下第一笔。

更晚些的时候，一般在清明节气的最后一两天，会在天空中看到燕子的身影。那是一些启程早的燕子，它们飞过无数的柳绿花红，并不眷恋，一直飞回遥远檐下那个温暖的巢。燕子来了，春天才算站稳了脚。虽然慢了一点，但不会省略每一个美好的细节。

总是在许多的古诗词里，领略旧时的简单与快乐。古代的清明，多么朴素而欢快的一个节日，种种的风俗，流连着一段春光。

踏青，并不属于此时此地。大平原上的那些青，才初生，还经不起我们欣喜的脚步。我们这里大规模的踏青，是在端午节，还在两个多月以后。不过秋千早就有了，在雪融尽的时候，少年的我们就已经在两棵树一根绳子的陪伴下，起飞着清流的无忧。

风筝却依然会飞上天，载着我们所有的喜悦。我记得也是在清明时节的日子，遥远得仿佛不可追溯，叔叔做着一个大大的八卦风筝。我们围在那儿，脸上全是掩不住的兴奋。我们的幸福却早已准备好了，只等着那一场浩荡的好风，把我们的心儿送入一片晴朗的天空。奔跑的孩子，长长的线，高高飘着的风筝，纯净的天，悠然的云，清脆的笑，我觉得这才是春天最美的画卷。

那么，我还是喜欢清明的，喜欢它作为一个春天的节日，带给我们新鲜的感动。于是清明，不只是天地和眼睛清清明明，我们的心，也会清澈欲滴，如那一场冷暖自知的雨。

谷　雨

谷雨是有着故事的。

在谷雨时节，春天便已经进入了尾声。可能南方已经杨花落尽子规啼，或许已经红了樱桃绿了芭蕉，在暮春的伤感中，林花已谢，落英缤纷，仿佛一场场的告别，许多美丽的故事，也随着春天缓缓落幕。

于是古诗词中，便有太多的伤春之作，极尽哀婉。而我却独爱宋人曹豳的一首："门外无人问落花，绿阴冉冉遍天涯。林莺啼到无声处，青草池塘独听蛙。"孤而不寂，哀而不伤，才是一种真正的告别。所以，作为春天最后的一个节气，谷雨，是充满着惜与伤的。

而在我们这里，谷雨是幸运的。虽然也是斗指辰，虽然还未雨生百谷，但是也清净明洁，春天，刚刚渐入佳境。所以，在这里的我们也是幸运的，虽然春天来得晚，可是在遥远处已经开始告别时，我们才开始迎接。

大地上的草色如轻烟淡笼，细雨也经常洒落，初回的燕子忙碌着修补旧垒。在这半个月的时间里，一些花儿次第开放，而一些花儿还要等更久。一切都是新鲜而欣喜的，柳絮还在很远的地方飘落，我们这里，并没有离别的氛围与情绪。

我会想起自己的十六岁，花季雨季的衔接处，也曾在谷雨的日子里，在那片年轻的青草地上，放飞着心里的白鸽。闪亮的河，轻柔的风，花草流年在身畔温柔地沉默。春天别的节气，总是让我想起童年，而谷雨，却让青春一次次地回溯。

我们的谷雨，依然没有什么习俗，大地上还是一片空旷，庄稼们还是未播种的种子。基本上已经没有了冬天的痕迹，燕子和布谷鸟在天空上飞过，就连那些路过的云，都载着暖暖的阳光。所以，我们的心里都是温暖的明净，每一步都踏着清澈的风，每一个念头都飞舞成梦想的形状。

我喜欢亲近这个时候的大地，从儿时，从少年，就是如此。虽然人到中年，无复最初的心境，可是我依然会在晴好的日子里，坐在松软的泥土上，目光掠过阳光下的草地，掠过微笑的河流，仿佛看到很远很远的一种境界中去。就像童年跌倒在大地上，便躺在那里，仿佛置身于一个巨大的怀抱，看天很远，看春天很近。

都说谷雨难得雨，果然如此，今年的这一天，蓝天高远，晴朗得如被风洗过的眼睛。而在这半个月的时间里，雨依然会来。我也喜欢我们这里的细雨，柔柔缓缓，像天空对大地的一场倾诉。然后大地感动得生机勃发，千家帘幕，隔不断一份美好的希望。

所以，我们的谷雨，也是有着故事的。无关离别，无关怅惘，所有的情节都是初初的相遇。

于是，在缤纷的阳光与心情中，我又想到了从前，想到了那个白衣飘飘的季节。歌声与风声同在，心语和花语共存，圣洁而遥远。

所以谷雨，在我的心里，依然是青春的回放。

立 夏

一回头的刹那，春天就走了。

都说春女善怀秋士易感，当人们的心绪还没从诗词里那些伤感情境中走出来，人间便又有了新的开始。

在我所在的小兴安岭，春天是不明显的，脚步很慢很慢，仿佛刚刚走到地方，却发现夏天已经捷足先登。而在老家的大平原上，此时的大地上已经有了忙碌的痕迹，农田已经蹚好，田垄纵横如纸笺，等着生长出一行行绿色的诗句。稻田地里已经注满了水，浅浅的水映着深深的天白白的云。一个火热的季节拉开了帷幕，汗水也准备启程。

一些花儿开始次第绽放，杜鹃、榆叶梅、丁香，已经和流水一起欢笑，而树们似乎在一夜之间就变换了颜色。就这样恍惚柳绿，就这样悠然花开。我们的立夏，继续着春天未完的使命。

我喜欢在这样的季节里回忆，似乎每一次轮回，都重叠着旧日的足迹。

那个时候的我，总是在这样的时刻，凝神于南园中的一切。在那个菜园里，在这个节气的日子中，母亲已经开始播种一些菜籽儿。想象着再过许多时日，满园的果蔬红绿相间，蜂飞蝶舞，便心驰神往。而且，园里的樱桃树和杏树也即将开花，在风里飘摇着许多憧憬。

立夏，是多么美好的一个开始啊！就像我的心，正渐渐地走向丰盈和繁盛。

我也常常凝神于河边泥岸上的燕子，看它们怎样一口一口地衔泥，再飞回檐下筑巢。满院的禽畜也欢快起来，几头猪依然孜孜不倦地在墙角拱坑，脱了厚毛的花狗显得精神了许多，小鸡们飞上窗台，飞上墙头，扑落一地的阳光。夏天来了！所有的生灵都在欣喜不已。

一想到夏天这个词，我就会记起一个遥远的场景。那还是四五岁的时候吧，我和姐姐们都穿着最简单的塑料凉鞋，院子里阳光漫天洒落，一盆清水，我们轮流穿鞋站在水里，感受那份清凉而简单的快乐。

有时候看书，很向往遥远的地方，那些我们所没有的种种。许多东西都是我的成长中没有见过的，比如榕树上的知了声声，比如清清幽幽的竹林，比如萤火虫点亮的夏夜。可是，我并没有什么遗憾，我所有拥有过和拥有着的，已足够我用一生去眷恋。

立夏这一天，我们这里的风俗也是吃鸡蛋。这似乎是一个很古老的传统了，便总会想起母鸡们下了蛋后，跳上墙头大声欢笑的样子。即使在长长的岁月里，走丢了许多东西，可是永远不会丢掉那份美好的心情，或在回忆里，或在希望里，就像这个夏天的美丽而安静的开始。

而且，整整三十年前，也是在立夏前后，我家便搬离了那个让我魂梦夜夜飞渡的村庄，从此开始了人生的另一种际遇。所以，我的立夏，是有着一份别离在其中，大风熄灭了多少回望时清澈的目光，却吹不散心头的那份爱与暖。

立夏，夏天开始了，多好！

这一天，头指东南，心亦向阳。所有的美好，正依依而来。

小　满

小满雀来全。

在我眼中心里，这是一个关于鸟的节气。各种鸟都来全了，唱响着山林里的歌谣。天边候鸟的身影，如梦一般滑过，洒落一串串的啼鸣。落入心底，就成了回忆。

大平原上的故乡，小小的村庄，小小的少年，在这个晴朗的节气里，共同守望着一个季节的繁盛。大地上已经生长出崭新的秧苗，在眼睛里写满了诗句。布谷鸟依然高高地飞过，燕子在檐下忙碌，麻雀们倏聚倏散，村南大坝上的细林中，许多不知名的鸟儿翻飞着，舞落一地阳光的碎影。

我喜欢站在阳光里，让目光和思绪在风里飞舞。那一片土地上，曾留下我多少的脚印，都已随岁月漫漶。不散的只有心头的眷恋，走得越远，离得越近。

小满还是一个关于山野菜的节气。许多人融入山林中，去寻觅那些野菜，小兴安岭物产丰富，就连山野菜的种类都是极多。喜欢那种穿山过林寻找的感觉，仿佛每一次相遇，都是一个美好的开始。有时会邂逅一树雪白的山丁子花，便悠然神飞。

有些花儿已经谢落，顺着山溪流淌下来，鱼儿便逆流而上，去追逐一种我所不知道的快乐。

故乡的大地上，也生长着许多野菜，不过都是最平凡的。婆婆丁没过多久就开花了，很期待着花落后，那些小伞般的蒲公英。更多的是苓麻菜，苦苦的，却回味无穷。

迈过了立夏的门槛，夏天至此，开始渐入佳境。

小满，很有韵味和哲理的一个名字。就像我在这个节气里的心情，小小的盈满着简单的快乐，一如童年时的日子。

过不了多久，柳絮就开始漫天飘飞，轻盈如梦，沾帘惹帷，点缀着一份同样轻盈的心情。就像童年的脚步般，仿佛一阵风就能吹起。此时地气通透，我喜欢穿着妈妈做的布鞋，奔跑在大地上。现在想来，曾经的足迹里，也应该生长出许多花草，许多故事。只要一回首，就会与我的心相逢。

喜欢这个节气，小满，就像是为心而来。它和心情一起行走在美的过程中，每一次的告别，都是充满了期待，期待着再一度的重逢。

今天在朋友家里，两只燕子从敞开的门飞进来，盘旋着，然后落在暖气管上，相对啼鸣，仿佛在小满的日子里，互相诉说着情话。

燕子和人一样高兴。

那么，就在这半个月的好时光里，用心去珍惜吧。然后，拥着那份美好，走向扑面而来的所有日月流年。

芒 种

这是一个湮没于鸟鸣声中的节气，夏天渐渐深浓，阳光层层叠叠堆积在大地上，初生的庄稼在长长的风里欣然。行走在这样的人间，每一个足迹都是温暖的，都能生长出一个美好的故事。

芒种，在我们的黑土地上，是一个和名字不太相关的节气。各种耕种基本已经完成，也没有需要夏天收割的有芒的作物，所以，这个节气，依然是存在于我们的心里。就像一个符号，在时光里分隔着一段情节。

纷纷扬扬的柳絮，载着漫天的阳光，飘摇成眼睛里的风景。我喜欢小时候的自己，两只偶尔飞进屋里的燕子，便点亮了所有的憧憬。一场不期而至的雨，把童年的这个节气濯洗得如眼睛一样明亮。或者带着花狗，奔跑在风里，在阳光里，在村庄的脚下，留下一路简单而快乐的歌谣。

时节如流水，而芒种就是最明媚温暖的一段。如一个动人的故事，刚刚展开所有的剧情。每一个细节都入目而入心，点点滴滴地汇聚，心就如起风的岛，挂满了涛声里的星光。我记得遥远的夜晚，蛙声从今天开始密集，起起伏伏，像连绵的浪，梦就成了摇摇的船儿，驶向村南无边无际的大草甸。

一直喜欢读《红楼梦》，第27回，也就是最美的那一回，好多难忘的故事都发生在那里，比如宝钗扑蝶，黛玉葬花。而那一天，正是芒种。书中详细地描写了大观园的女子们，在芒种节祭奠花神的场景，热闹美好得让人悠然神飞。

而我们这里并没有这些美好的风俗，也没有荼蘼，更不知道什么开到荼蘼花事了。只记得小时候，芒种的日子里，南园中的杏树樱桃树，花儿早已谢落，一树青青，夹杂着小小的绿色的果实。它们在我的眼睛里，幻化出一种带着希望的美好，心里有了期待，于是所有等待的日子都甜美起来。

在这个节气，一切都恰到好处。没有了春寒，酷热也还没来临。山上的树荫未老，流水还很清凉，云朵依然轻盈，光阴很慢，沧桑很远。虽然花事已了，可心中的种种美好正含苞待放。就像水面初生的涟漪，圆满着未散的情节。

多好的半个月，静美中透着力量，用最值得眷恋的，串联起整个夏天。静静地捧着一本书，坐在窗前，拥着六月的阳光，水晶帘动，楼台倒影，流年的脚步轻轻缓缓，美如童话，美如传说。

心里静了，生命就美了；心里不拥挤了，天地便辽远了；心里的欲望淡了，晴雨便都可爱了。简简单单，轻轻松松，即使身上的负荷，也是芬芳的重量，如曾经的卖花人，肩上那一担灿烂的花儿。

所以，芒种，我们的大地上虽然没有收也没有种，可是在我的心底，已经收获了一些东西，也继续播下了许多美好的种子。

夏 至

夏至，是我最喜欢的一个节气。

它是绿树浓荫里纷纷飘落的鸟鸣，是波光荡漾中的楼台倒影，是大地上路过的长长的风，是盈盈出水的莲，是一颗火热的心在浓密阳光下的律动。

我眷恋这个节气中生长的所有故事，在岁月的河畔，总有一些足迹盛满回忆，生动着许多的情节和细节。

我看见那个儿童，穿着塑料凉鞋，站在村西小河的浅水里，脚边缓缓走着的波纹，像层层叠叠的微笑。他有时会抬头看，一朵极干净的云正飘过头顶。他上岸，脱了凉鞋，赤脚走过那些滚热的石头，然后坐在大坝的斜坡上。那些湿淋淋的脚印飞快地消瘦消散，远处的村庄在午后的阳光下，如梦绽放。

我看见那个少年，拿着一本旧杂志，穿过满街的喧嚣，进入那个冷清的院子。院子里萧红洁白的雕像仍然在沉思，他走进后花园，花草流年在这里寂寞地繁盛着。看了几篇文章，蜂儿蝶儿都沉默了，他才站起身。继续走过窄窄的街，走到小城的东南角，古老的钓台下，呼兰河故道依然有水流淌，一坡绿树和他一样无言。

我看见那个青年，拿着投稿的信，微垂着头，在校门口的邮筒旁犹豫了一会儿，才悄悄地放飞了一份希望。他清瘦的身影湮没在风里阳光里，他走上学校后边的一座小桥，身前身后都是孤独的陷阱。他会在小桥上一站一个下午，直到斜阳扑面而来，才转过身，看见自己的影子落在水面上，似真似幻。

没有人看到，没有人知道，曾经的我，怎样在那些来路上，静静地跋涉。我的那么多的夏至，都是在寂寥中丰盈着。如果，我再遇见那个儿童，那个少年，那个青年，我会好好地去爱他。

我喜欢这一天，白天最长，长得可以接近归宿；夜晚最短，短得让梦都摒弃了冗余。这一天，阳光最暖，蒸发了许多的苍凉；这一夜，上弦月初成，垂钓起多少遗失的美好。

大地上的庄稼，如我遥远的青春，正葱茏成无垠的希冀，仿佛可以看到汗水的痕迹。突如其来的雨，就像刹那间感动的热泪，濯洗着经年的烦躁。在这天地之间，夏至，是季节走到极致的时候，就像月亮圆了，就像池水盈了，就像幸福满了。

多想这一天更长更长，长得不会过去。我不想走向残缺，走向落寞，走向凄凉，不想那么快地看到结局。

小　暑

不知不觉间，夏天就成熟了。许多美好都从岁月的枝头垂下来，等着我们去采摘。

凌晨四五点钟，便已天光大亮，我和母亲向田地里走去。空气清新凉爽，裤角不停地扫落路旁叶子上的露珠，母亲扛着锄头，我蹦蹦跳跳，太阳已经比最东边的树梢还高。好像一夏天总是在铲地，有些农田要铲三遍。母亲挥动着锄头，我在垄沟垄台间寻找自己的乐趣，或者被一只小爬虫吸引，或者追逐那些路过的飞虫。直到地面开始升腾起热气，我们才回到村里。更多的时候，此刻我都是在睡梦中。只是偶尔的兴起，才会早起和母亲去亲近清晨的大地。

或者是在某个上午，和姐姐一起去采割那些喂禽畜的野菜。在大草甸里，散落着数不清的池塘，草丛中隐匿着太多的小生灵。我总是在干着活的时候，一声青蛙入水，便缠住了脚步。有时会捡到几只鹌鹑蛋，便兴奋得不能自已，而突然飞起的野鸡，阳光下变幻多彩的翎，便在眼睛里斑斓出无边的幻想。等我跑累玩够，姐姐已经背着满满一袋子的野菜草籽儿，招呼我一起走向远处的村庄。

或者寂静的午后，我坐在树荫下，看着家里的一百多只鹅在草地上觅食，然后悠然地走向一河流水。花狗会卧在我身旁，被野外的各种声响不停地牵动着耳朵。风越来越淡，阳光在不远处洒落，渐渐地，我和狗都困了，河水中漂浮着的鹅们也困了。睁开眼睛的时候，鹅们已上了岸，花狗正在奔跑，尾巴摇动着把阳光从身上抖落。我站起身，数了一遍鹅的数目，便拿起长长的枝条，赶着它们回家。

夏天里小暑的日子，在我的童年和少年，都和阳光大地有关。每一个节气，都像是季节不同的小名，又像是不同性格的孩子。而小暑，就是一个快乐而热情的孩子，奔放着，任性着，毫不掩饰自己的情感。这个孩子有时候也会发脾气，痛哭，于是一场雨就不期而至。然后，泪水洗过的天地，明澈无比。

小暑串联起时光深处的片段，却无法在我心底补缀成一个完整而无悔的结局。就像当年的我，不记得母亲铲地时的辛劳，不记得姐姐在阳光下满脸的汗水，也不记得那个少年放鹅时睡着在树下，做了一个怎样的梦。

小暑是一个过渡，就像少年的光阴，仿佛有着许多的梦，可是一一细想，却又那么不分明。往前是清澈的童年，往后是长大后的变迁，就像省略了一个节气，所以回想的空间那么广阔，有时候，我都不知道自己的回忆，是不是真实的存在。

不过小暑却是真实存在的，就算我忘了那些情节，它依然年年如约，给我一幅似曾相识的画面。那么，我就用心在画面上添上几笔，算是一种重温。就像遥远的南方，那些正盛放的荷，长长的风吹来，翻阅那些芬芳的心事。

小暑，是我一个孤独的节气，和成长有关。

大　暑

似乎只是刹那间，夏天就一下子走到了极致，也走到了尾声。仿佛眼前只是转瞬的繁华，隔着中伏天的骄阳，隐约看到了一场孤独的落幕，看到了一个凄凉的季节。

多想回到故乡，用不染风尘的眼睛，再去看一看那条被夏天点燃了热情的河流，看一看天空中云朵洁白的波纹，倚在睡着了的树下，倾听一朵野花柔软的乡音，心情憩息在一只蝴蝶的翅间，斑斓着最无忧的梦。

我眷恋着的大暑，每个日子都慵懒而美丽。就像房门后吐着舌头的花狗，像檐下垂挂着的燕子的呢喃和调皮的风，像大地上被汗水染成的浓绿。我想念那些个夜晚，如潮的蛙鸣流淌进村庄，院子里的老树上挂满了星星，白胡子老爷爷的每一个故事，都丰盈着不期然的梦。

那个时候，除了眼前的种种，我更憧憬着遥远的地方，那些我所没见过的一切。荷花出水，荷露清风，该是怎样欣喜的相逢。或者流萤点点，竹深月明，会映亮多少温柔的目光。又或老树垂荫，知了声声，一份喧闹里的恬然。这是我心里的另一种大暑，在我的足迹和心情都未到之处。

明明知道，有一个萧瑟的季节会接踵而来，却并没有多少失落，也许夏天太长，长到足够让我去回味。就像曾经的那个小小少年，明知道将要面对一次次的别离，却依然渴望成长。

幸好在小兴安岭深处，并不十分酷热。喜欢坐在小窗之后，和不请自来的长风一同翻阅书卷，心绪轻盈得如闲花落地，心情于浅浅淡淡中，都盈满了阳光。喜欢在黄昏的时候，行走在山河之间那条静静的路上，看斜阳把我的影子拉得有一生那么长。喜欢在深深的夜里，掬一捧月光入梦，温润着所有期待的情节。

我的大暑，依然是流连着的半个月，温婉而又多情。

我不是寻愁觅恨的诗人，所以看不到落幕后的落寞。可能生长于黑土地的乡村，骨子里有着一种对丰收的希望。我像那些祖祖辈辈辛勤耕耘的乡亲那般，朴素的目光穿透时光的叠影，看到了大地上的庄稼沉甸甸地等着刀镰，看到金色染出了许多真诚的笑脸，看到树上的果实甜美着季节。

大暑之于我，是走向丰盈与丰收的最后一程。

夏天快要过去了，还有一个别样美丽的季节等着延续，多好！

那么，我会把酝酿珍藏了一个季节的热情送给你，在或凉或寒的时候，拿出来，焐暖流年里那些匆匆的足痕。

立　秋

爷爷走出柴门，望着天地之间叹了一声，秋天就来了。

立秋来得无声无息，除了爷爷的那一声轻叹。夏天的尾巴还很长，只能于晨昏朝暮，感觉到它离开时带起的凉风。

傍晚的时候，爷爷倚在门前的土墙上，墙上的斜阳和时光交错斑驳，他的白发在渐深的暮色里越来越清晰。墙角的蟋蟀，开始了悠长如诉的轻吟，仿佛从梦境深处漾出来的一缕，不突兀，似乎一直都在走着，直到此刻才走进我的耳朵。直到后半夜，到凌晨，那声音依然很细，细如东方天空升起的下弦月。

除了爷爷的那一声叹息，除了蟋蟀的琴声，我真的不知道，秋天是从哪里开始的。每一片叶子依然载满阳光，天空中依然划过候鸟的身影，大地上的人儿依然挥汗如雨。或许再过一段时日，当人豆开始摇铃，当玉米棒子开始禁不住笑意，当西风吹黄了大地，秋天，才完全拥抱了人间。

我从未见过梧桐叶落，也没听过寒蝉凄切，立秋，只是爷爷眼中的那一缕落寞。爷爷走向他的土地，背影孤单得像路过的风。而随着秋天渐深，爷爷的眼中便写满了喜悦，年复一年，一辈子就这样在春耕秋收里度过了，不变的秋黄春绿，伴随着爷爷的黑发变白头。

立秋，是一个萧索的启程，也是一个丰盈的开始。

三十多年过去，故乡，已成为遥远处的一粒尘埃。从大平原到大森林，秋天的脚步更快了。小兴安岭深处，秋天早已赶走了夏天，它走得很疾，再过一个多月，便开始冬季供暖了，巨大的冬天，把秋天追赶得只剩下一个多月的旅程。都说走得最快的，是最美的时光，小兴安岭的秋天是短暂而绚烂的。五花山已经在缓缓酝酿着一个斑斓的梦，数不尽的七星瓢虫，即将在阳光下满天飞舞，而山林里的那些蘑菇，正期盼着一双童话的眼睛，沉沉的松塔，正等待着一只松鼠的邂逅。

多好啊，一切都在慢慢地准备着。

季节变换，而那份热爱依然不变。就像许多许多年以前，爷爷的目光依然温暖，爷爷的脚步还是像河水一样轻盈，炊烟醉倒在西风里，檐下的燕子衔着最后一缕晚霞。立秋，是没有留下足痕的一步，或许那痕迹留在了我的心里，却也如风展水面，瞬间的涟漪散尽，生活依旧温暖。

可是，可是，在三十多年后的今天，我却终于知道了秋天从哪里开始。

见西风而起乡思，当我想起爷爷，想起黑土地上的童年，直想到岁月都苍凉了，直想到自己的鬓间也飞了霜，那一刻，秋天就来了。

处 暑

处暑是一个很容易被人忽略的节气，它是一个不知不觉的过渡，把一个季节的凉热暗暗变换。它悄悄地走过，仿佛夏日裙裾带起的凉风，无声无息地弥漫了整个人间。

在故乡的老家时，有句农谚：“处暑动刀镰。”秋天正在走向深远，一些庄稼已经走到了极致，沉甸甸地等着幸福的刀镰来收割。大地上色彩缤纷，即使风再凉，也熄灭不了那一种斑斓的喜悦。

童年的脚步走过村南的大草甸，渐黄的草尖上，阳光和风依然在轻轻地滑落，在八月的大地上，流淌成一种清澈的眷恋。就是在这样的天地间，童年走到了少年，少年的脚步依然踏着长长的西风，在草甸深处，少年便又看到了长长的钐刀，在阳光下闪过凉凉的光芒，高高的黄草便一排排地倒下，堆积成一地的金。

那些苫房草被切割整齐，干了后，便裹挟着八月的阳光和清风，给每一家的房顶换上崭新的颜色。我喜欢站在院子里，看着房顶散发着芬芳的新草，看着檐下的燕子盘旋着在最后眷恋那个温暖的巢。我把它们一遍遍地写进眼睛，然后在多年以后的秋天，再一遍遍地回放，温暖离巢的我在异地他乡的苍凉。

真的是很凉很凉，从立秋开始，我们就已经真正进入到秋天了，而且一步一深，一直深到看得见冬天的身影。也是越走越远，在时光的无涯里，许多身影已经永远停留在彼岸，让我总是回头留恋。在处暑节气的十五天里，有着一个让人追思而伤神的日子，那就是中元节。农历七月十五，一个纪念先人的日子。

曾经的那些亲人的身影，有太多已经在大地上消散。爷爷，姥爷，父亲……在那个日子里，他们都在我的记忆里团聚，音容如旧，笑语如昔，把一段时光重新清澈于我的心底。所有亲人都在的秋天，是我生命中永不再来的美好。

处暑，真的是一个蕴含着太多思念的节气。一份凉意使思绪满是沧桑，曾经的少年，已经站在昨日的舟上渐行渐远，时光的河流，两岸骊歌，所有的离别，都如南归的大雁，只是在清远的天上，写下无尽的伤感，垂落下几声浅浅的哀鸣。

有收获，有灿烂，有变迁，有思念，有开始，有结束，我心中的处暑，从来都不是一个可以忽略的节气。它甚至是我的一种情结，总是在西风渐起的时候，唤醒许多不期然的美好与怀念。缠缠绕绕于心的，非是寂寞的想象，而是一个遥远的情结，隔着数不清的岁月，依然生发出更多的细节，把生命一次次推向圣洁遥远的归宿。

所以，处暑，是我的一种情怀，无关风月。

白　露

长长的西风吹过，那一小块儿田地里旱烟的叶子，便被催得越发肥厚阔大起来。早晨的时候，烟叶上凝满了碧莹莹的露珠，正细看之间，便倏然滚落。于是姥爷笑了，父亲也笑了。这一天，院子里的架子已经支好，站在那里静静等待。这一天，大人们便把烟叶采摘或者割下来，搭在院子里的架子上。

这一天，是白露。

后来那么多的岁月里，每到这一天，我想起的，不是“露从今夜白，月是故乡明”，不是“蒹葭苍苍，白露为霜”，而是一句俗谚，“白露烟上架”，就是我刚刚描述的那个场景。

架子上的旱烟叶在秋高气爽之下，会渐渐地融入阳光的颜色，凉凉的风使它们消瘦下来，开始以一种灿烂的姿态在秋天里舒展着身躯。那个时候的我，总在烟架子旁边看着，空气中流动着微微辛辣的味道，想象着冬天的时候，老人们衔着长长的烟袋围着一个烟笸箩，坐在热乎乎的火炕上，烟雾缭绕中唠着不变的家常。或者姥爷叼着一个烟斗，腰间别着一个烟口袋，走在风雪的路上。或者父亲用纸卷烟，闪闪的火光点燃了早来的夜。

白露这一天架上的烟叶，是冬天里那些温暖场景的开始。我还想象着那些烟叶干了之后，被打成捆放在仓房里。需要的时候，就搓成细小的末，盛在小笸箩里，等着点燃人们嘴里那些遥远的故事。

除了家家院子里的烟叶，大地上也是一片灿然。金风染黄了万物，庄稼们也都走向了成熟。玉米棒子沉沉地挂在秆上，大豆也即将开始摇铃，谷子垂下了头，高粱笔直着点燃了天空和大地，向日葵的笑脸也绽放到了极致……它们，都在走向丰盈，等着幸福的刀镰。

麻雀们的羽衣渐渐地由浅褐变成了深褐，它们群栖群飞，巡视着庄稼和场院，也在等待着一场丰收。而燕子们，有的已经飞走了，剩下的，也都在准备着出发。檐下的旧垒日渐寂寥，昔时的呢喃都被西风吹散。大雁遥远的身影，在天空中写下一份别离。村南甸子上的草色也暗淡下来，夜里的墙角，秋虫的鸣声堆积成枕畔凉凉的梦。

幸好，幸好，现在还在丰盈着，还没到收割后的空旷，还没到离别后的冷清，还没到冷月照空庭。可是那个时候，未经世事的我还没有种种凄凉的感受，还总能在每个繁华落幕之后，找出新的让我眷恋的种种。好喜欢那时候的清澈心境，仿佛任何的点滴，都能漾起美丽的涟漪。

而沧桑的三十年后，身在群岭深处，今天的白露，却已经走到了冬季的边缘。再过二十几天，冬季供暖又开始了。在这个曾经充满了欢乐的日子，如今只有回忆。

可是回忆也是那么暖，就像亲人们遥远的笑脸，焐热着即将到来的巨大冬天。所以我的心里，虽然有着沧桑的印迹，可更多的，还是一种热爱。不管多久多远，我依然爱着这个日子，爱着每个日子，在心里爱着，一直爱着。

秋 分

早早地起来，以为会是一个很晴朗的天，以为天会很高，云会很白，阳光纷纷扬扬之中，许多七星瓢虫漫天飞舞。可是却有着薄阴，远处色彩渐浓的五花山，也暗无光芒。于是回忆漫涌，濯洗着眼前的一切。

于是天真的很蓝，云真的很白，风也很轻，我也很小。跟着家人去田地里，收取大地的馈赠。我能看见胆大的田鼠倏来倏去，看见定居的麻雀群栖群飞，看见许多大地上的精灵，活跃着，兴奋着，也幸福着，来分取一份秋收的喜悦。

这是三十多年前的这一天。而沧桑的日月流年之后，我却什么也看见不了，故乡和大地都已遥远，远得只能在梦里依依重现。

秋分，是一年中第二个恰到好处的日子。而第一个，是春分。寒暑昼夜阴阳，在这两个日子，完美地平衡着。在我的心里，这两个日子的区别，只在于同是仰望蓝天，同是没有燕子的踪影，却一个是期盼，一个是惜别。

当我的心情攀爬过岁月的沟沟坎坎，曾经在长路上的疼痛之处，都已在回望的目光中，开出了眷恋的花朵。就像曾经的夜里，躺在装满苞米棒子的马车上，头顶的月，或盈或缺，身畔流动着风和丰收的气息，还有家人们的笑声。此时的回忆，那份感觉，一如当年。

我记得儿时，少年时，秋分也总是和中秋节相邻，或前或后，仿佛互相追逐着，就奔跑过了这么多年。

那个时候，父亲总是在很遥远的地方工作，每一年回来次数极少。有一年的中秋前夕，收到父亲的来信，信中是父亲写的一首七绝，把一份思念尽情挥洒。现在想来，也是春分的时节吧，那一封信温暖了渐凉的天气。

那一年，父亲回来过中秋，天已经很凉，晚上，我们把桌子搬到院子里，团圆着赏月。此时此夜，不必千里共婵娟，也就不去管明月明年，身在何处。檐下的燕子旧垒空空，在月色中却填满了笑声。每一张年轻的脸，都在月光下生动着。而多年以后，月光依旧年轻，而曾经亲人的笑脸，却已在风里零落苍老。

而今年的秋分和中秋却是难得的近邻，接踵而来。明天就是中秋，虽然可能依然阴而无月，可是，总会有许多地方可以见到那一张圆圆的脸，如此，就足够了！只是，父亲已经谢世三年多了，他会不会在这个节气，来到我的梦里，对我微笑，然后口占一绝，一如当年？

那么多的日子在身后，如秋天的花草般纷纷谢落。曾经有许多年，总是觉得走过的每一步都在失去，不停地失去。后来发现，那么喜欢回忆，过往的岁月里，总有让我于心心念念间而难以割舍的存在。于是明白，那些在身后凋零的，只是时光的浮华，剩下的，才是真正的足迹。就像秋天的那些花叶枯萎之后，饱满的果实和种子轻摇着一份热爱。

远远的山岭上，那些树斑斓着，正经受着寒霜的洗礼，也正准备着迎接漫长冬天里零下四十摄氏度的凛冽。

所以，秋分，也是一个开始。让我在这个很完美的日子里，准备好一份心情和心境，去迎向日复一日的寒冷。好在巨大的冬天里，向前有个美好的目标，回望有个温暖的来处。

寒露

昨天的夜里，飘落了极小的一场雪。细碎的雪花在夜风里无声无息地绽放，纷纷扑落在脸上，微微的痒。恍如幻境，淡若梦痕，小兴安岭的冬天，就这样悄悄地来了。节气这一次落后了天气，别的地方露已欲凝霜，而此地，雪却先至。我看到无边无际的冬天正在漫涌过来，掺杂着身处异乡的寒凉，只能用回忆取暖，而回忆，无不与故乡有关。

而在曾经的故乡，我喜欢这样的时候，大地上一片清净，庄稼基本都已收完，天空中飞舞的，除了长长的西风，就是成群的麻雀了。候鸟的身影已远在千山万水之外，它们已经追逐着一种召唤，飞越了季节和空间的阻隔。

园子里的果蔬早已零落，如今也被清理得干干净净，就像那几棵大杨树，删繁就简，在上面绽放的，也只有灵动着的麻雀。被西风染得金黄的苞米棒子，整齐地码在园子里，像一堵堵金色的城墙。伺机而动的老鼠，偶尔会飞快地从角落里蹿出，又闪没于墙根处。

晴好的午后，姐姐们带着我，拿着四股叉和二齿子，提着土篮子，去黄豆地里挖豆榨。黄豆被收割过后，整齐的豆榨像一排排矛头，尖锐的斜茬对准着天空。很多孩子都在挖豆榨，每年的这个时候，我们每个学生都要交几土篮子晒干的豆榨，码放在教室的最后面，那是一冬天烧炉子的燃料。

寒露不算冷，霜降变了天。每当老人们念起这两句，我们便知道，此时的冷，还只是一个热身而已。接下来我们会一天一天地走进冬天的深处，那时再回首寒露，会觉得是难得的温暖。可能许多时光和事情都是这样，只有走过后，回望，才会觉出一份美好来。

村庄里的人们并不懂得寒露的科学方面的东西，什么太阳到达黄经多少度，和我们没有关系。祖祖辈辈的人从漫长的经历中，总结出许多朴素的道理。就像撕去一页皇历之后，看到今天的那一页上印着“寒露”两个字，母亲会在做晚饭的时候，多抱进一捆柴火。于是那个夜里，炕会更热乎，梦会更温暖。

回忆总是很温暖。即使我到了这个更冷的地方，即使我还没有开始回望这个节气里所有的日子，我也已先感受到了那份温暖和幸福。经霜的小兴安岭灿烂无比，五花山已盛开到极致，点染着每一双凝望的眼睛。山岭以最美的姿态迎接着冬天，就像我以最美的心情一步步走进凛冽。

总要酝酿着一个梦，共冬而暖。所以，寒露，是一个梦想的起点，也是一种心情的启程。

天寒露重，望君保重。

愿我这篇短短的文字，也能温暖你的眼睛和心。寒露了，记得加衣服，给身体，也给灵魂。

霜　降

来到小兴安岭深处，才发现，这里的气候和节气大部分时间是不合拍的。春天的时候，节气来得很快，立春了，冬天却正深；而秋天的时候，节气又来得太慢，此刻都已经渐渐深寒，而立冬却依旧遥遥。

就像今天，霜降，可是霜却早于一个月前便已降下，如今，连细细的雪都降过几场了。我站在这种落差里，常常涌起一种今夕何夕的错乱感。也许是造化的手在这里颤抖了一下，日子便层层立起，超脱于自然规律之外。

而老家的大平原上，虽然此时气候也走得很疾，却没有夸张到这种地步。那时候老人们经常会说："寒露不算冷，霜降变了天。"这个日子，是一个分水岭，是一个门槛，一步迈过去，就进了冬的领地。儿时的脚步经常游走于这个日子的晴朗，就像行走在季节的边缘，俯瞰逝去的繁华与灿烂。

这是一个由暖入寒的过程，就像热情渐渐消散，凉意慢慢侵怀。在这个过渡中，我们其实是一直在冷着的，似乎每降低一摄氏度，都有着明显的感受。于是我们被动地加衣服，直到寒冬到来，身上已是厚厚。而若是起初觉得冷，就把最厚的衣服穿上，则必然在冬天时无法忍受那份严寒。

就像艰难挫折慢慢到来之际，若是开始我们就拿出全部的斗志，那么很可能最后会败倒在艰难之中。就比如爬山，山路崎岖艰险，一开始就用尽全身力气，后来肯定无法登顶。对于一些大艰难大挫折，不可能一蹴而就地解决掉，而是要在一点点增大的压力中，一点点地释放力量，这样才能相持到底，走出低谷。

春捂秋冻，竟也会有着如许深刻的人生哲理。

面对大地上的草木摇落，心如逝水，空映满天寥廓。候鸟的身影，早已在隔山隔水的梦里，而曾经的草气花香，也已在时光的河里流远。眼前只有云路遥迢，身畔似乎还萦绕着淡淡的余味。在这个节气里，有的只是回望。不敢去想那个正压迫着而来的巨大季节，冬天，只适合收藏所有的记忆，然后，用来温暖越来越长的夜与梦。

儿时的欢乐，在这个节气的最深处。在无星无月的夜里，站在院子里遥望南边的大草甸，那里便燃起了一条条的火焰，蜿蜒屈展着，像是天上的闪电落在了地上，并放慢了所有的动作。于是沉沉的夜便被火光割划成了几部分，而那一条条火焰还在缓慢地行走着，就像在黑色的大地上写着跳跃的一笔。

放荒，是我们最喜欢的活动。在很深很深的秋天里，把野地里的枯草点燃，便也点亮了心底一份暖暖的眷恋。当我们从大草甸上归来，一头撞进梦里，梦也被那一簇簇火焰点亮成无边无际的美好。

时光如火光，明灭之间，人已千里。从平原到山区，从少年到白头。

可是，霜降，在这片黑土地上，在我眷眷的心里，一切尚未结束，一切又正在开始。

立 冬

在某一年的这一天清晨，还是小小少年的我，和父亲走在村外的旷野里。大地早已萧条，野地里偶尔的小小池塘，已经生长出一层亮亮的冰。冰层极薄，薄得承受不住我的一个脚印。土冈的阴面，还留存着前几日一场大雪的余绪，像最初一缕纯净的心情，等着蔓延成无边无际的洁白。

那一天的天很蓝，太阳很遥远，阳光淡淡，父亲站在土冈上，眺望大地与天空的相接处，说了一句："冬天来了！"

可是我觉得，冬天早就来了，雪已经下过了几场，虽然不能覆盖大地，却已经敲响了冬的足音。只是，这一天没到，便不能算是一个开始。虽然已经开始，人们却固执地认为，那些雪，那份冷，是属于秋的。或许开始的，只是一种心情，出发得比季节要早，就像一种渴盼，或者情绪。

只有这一天到了，当日历上"立冬"两个字走进眼睛，冬天才实至名归。

于是，从这一天，大地把冬天收藏了，冬天把村庄收藏了，村庄把心情收藏了，心情把回忆收藏了，回忆把温暖收藏了。那份温暖，如三九天坚冰下的河水，长流不绝，焐热着季节和世事的苍凉。仿佛泥土里的一颗种子，积蓄着力量，等着那一声呼唤。

村庄最闲的时候到了。人们把土地交给了冰雪，把忙碌交给了北风，或者坐在滚热的炕头上，或者围着火盆，或者围着火炉，衔着长长的烟袋，古老的故事便随着烟雾朦胧着涌出。炕头上的猫也慵懒地躺着，偶尔听着窗外一阵寒风的凄厉。

在小时候的村庄，有一个很形象很亲切的词，猫冬。就是人们躲在冬天的深处，不再劳作，不再操心，仓房里装满了粮食，心里装满了愉悦和满足，开始心安理得地躲在温暖里，过着舒服的日子。只有我们这些关不住的孩子，经常挽着寒风奔跑，不知疲倦地把足迹写满大地，虽然一再被雪花掩盖，却一次又一次地较量着。

所以，立冬是多美好的一个开始。一切都是静的，都是美的，静得可以养心，美得可以入梦。把看过多遍的《红楼梦》找出来，等待下雪的日子，然后伴着窗外的飞雪，静静地品味“芦雪庵争联即景诗”。虽然曾经的小小少年已在风雪苍茫中消逝，虽然发上的雪已不再消融，可是，与冬天相遇，依然会重逢许多遥远的心情。

我仿佛已经看见，一场真正的、能度过整个冬天的雪，正在启程。我知道，我有多少的心情和心事，都留在了岁月深处。就像那些执着的候鸟，正在水远山长之外，沐浴着多姿的晴风暖日。

每到这一天，耳畔依然会响起当年父亲的话语，是的，冬天到了。寒冷冻结不了心跳和笑容，这个冬天再广阔，也湮没不了一颗心的温度；这个冬天再漫长，却也只和思念一般长。

小 雪

“如果你真的爱我让我走开/心疼你当初反复那样地说/如果你真的爱我让我走开/我决心不从旧梦中挣脱……”

听到任贤齐这首《小雪》的时候，还是很多年以前，远得我已经记不清自己年轻的容颜，和彼时的心境。只是那一天真的下着小雪，那一天也真的是小雪的节气，而任贤齐的歌声，就飘荡在冬天的午后，浅浅淡淡，仿佛从虚无而来，旋律的尾音扫过心底，惊起许多栖息着的往事。

更遥远的从前，在青春的荒野里，我试图寻找自己曾留下的一片足迹。校园的灯火在身后朦胧成一个模糊的背景，依然小雪的节气，把冬季送进一个凝固的所在，就像操场后那条冻结了的河流。那个有些冷的夜晚，我走在沈阳的街上，天地间飞舞着细细的雪花，仿佛身前身后避不开的寂寞的陷阱。

走了很久，也不知去哪里，只是任脚步与大地留下吻痕。青春正在零落，连同许多的心情。回望，曾经的每一寸时光都灿如烟花，过后，却是无边黑暗里纷纷的灰烬。只是许多许多年以后，那些曾经落幕的，却成为永不褪色的雪，如此圣洁遥远。

当蹚过了很深很深的岁月之河，才知道，小雪的这一天，很难遇到一场恰到好处的小雪。就像定好了时间地点，也准备好了所有的对白，心情却又失约。忽然想起《红楼梦》里冷香丸的配方，春天开的白牡丹花蕊、夏天开的白荷花蕊，秋天开的白芙蓉花蕊，冬天开的白梅花蕊，还有雨水这天的雨，白露这天的露，霜降这天的霜，小雪这天的雪，虽万般艰难，可巧却全得了。只是，世间哪有那许多可巧之事，更多的时候，我们都是在遗憾中行走，一如此刻的小雪节气，天依旧很蓝。

我更喜欢少年时的心境，纯澈自然，无须一场小雪的渲染，便纯白清淡，就如刚刚步入佳境的冬天。故乡的冬天，并不像这小兴安岭深处般主动而奔放，这里大雪都已经下过几场了。那个时候，有雪没雪，并不能让我感慨，我只静静地坐在村庄的深处，看着一个巨大的冬季慢慢地覆盖过来，波澜不惊。

而当我知道了小雪的这一天，如果会有一场小小的雪落下来，就会有着不一样的感受，那么，无忧的岁月便走到了尽头。多少曼妙欣喜的光阴，随着墙上的日历一页页撕去，剩下的，只是薄薄的残留，依然不可阻挡地飞逝。

或许，时光仍在，是我们飞逝。

在雪的轮回里，我们等待着的，盼望着的，也只是一个可遇而不可求的相遇。在生命的旅途中，我们伤感着的，喟叹着的，也只是一场场身不由己的聚散。雪总会来的，可是，那些心情呢？

今日小雪。我面对着一份凛冽的晴朗。你那里下雪了吗？

此处虽然无雪，我却知道，在这一天，总有某些地方下了一场雪，总有某些人的心里，下着细细的雪。

大 雪

似乎每个节气都会点亮一段回忆，仿佛二十四座光阴的驿站，收藏着一路的跫音。脚步过去了，心却停留。

小兴安岭的冬天不负众望，在这一日终于接近零下三十摄氏度，依然无雪，很清澈的冷。遥想故乡的大平原上，早已累积着厚厚的雪。多少童年的夜里，雪花和北风纠缠着在天地间奔涌，早晨推门不开，雪已盈尺。早起的精灵们，已在院子里留下自己的足痕。花狗的步步梅花，小鸡们的行行个字，大鹅的片片枫叶，杂陈在洁白的画布上。懒惰的猪们起得晚，哼叫着留下一串串的剪刀。

童年随着那场大雪而消融，呼啸的岁月汹涌着奔向眼前心底，时光的浪潮抹去了太多的足迹，可是心底的某个角落，却静静如昔，哪怕一个平常的日子，一种简单的心情，都能砸落一段光阴。

比如大雪，很形象的节气，很美丽的一天。虽然无雪，心中洁白的思绪却早已纷纷扬扬。

还记得我们在村西的河面上，扫出一片明净的冰层吗？多少欢快的笑声敲打着季节的寒冷。

还记得我们在茫茫的雪原上，纵情的狂奔吗？每一串足迹都写满了眷恋与热爱。

还记得邻家的那个女孩，养在瓶子里的那朵雪花吗？绽放在窗台上，一份透明的美丽。

也许曾经的一切都会散去，不散的，却是一种心情，一种怀念。当年，我们都站在飞雪中，听白胡子的老爷爷讲着瑞雪兆丰年，看着彼此被雪染白的头发，会心而笑。只是，当我再也拂不去发上的雪花，心里却有了一份沧桑中的苍凉。而回忆，能焐热多少变迁中日趋平凡的生活，于虚幻中撷取一种真实的心动。

遥远的从前，多少心情渐渐生长成一个童话般的世界，就像从小雪到大雪，一路丰盈着绽放。就像那个旷野里日趋丰满的雪人，我们离开它，走回村庄，不停地回望里，雪人已经和大地融为一色，而它脖子上系着的红围巾，却依然鲜艳。多年以后的回望，依然如此，雪人的围巾越是遥远便越红，就像，流过泪的眼睛。

那时候，我们多喜欢拥进邻家，围坐在炉火旁，听衔着长长烟袋的老奶奶讲故事。有个孩子翻看着墙上的日历，忽然问：这上面写着今日大雪，是说今天会下大雪吗？他们怎么知道今天下大雪呢？我们看向窗外，大朵大朵的雪花正无声地扑落。老奶奶抚着炕头上的黑猫，也看着窗外的大雪，说，大雪了吗？一年又要过去了！

今日大雪。

我已度过了四十多个今日，当年邻家老奶奶的那句话，依然穿透沉沉的岁月落在心上。一年又要过去了！在一场雪的来去之间，在一条河的冻融之间，在一颗心的盈缺之间，日子周而复始。只是，有多少美丽的梦，已经无法再从头。

如果没有雪，就把心情挥洒成漫天的雪花，如拥有过的日子般，洁白，美丽，越是寒冷，越是遥远，就越清晰，越温暖。

如果下雪了，就出去走走吧，伴着长长的足迹。告诉这个世界，雪来过，自己也来过。

冬　至

我依然记得那一年的冬天，那个阴沉沉的午后，我徘徊在呼兰河畔。凝固的河流，积雪的大地，孤独的足迹，就像身后正在谢幕的青春，虽然洁白，却是那样地寒冷和黯淡。

回去的时候，飘起了细细的雪，今天的夜降临得更早。走进城市的静寂，路灯点亮了一串串的往事。街角的一家商店里，传出歌声："街道冷清心事却拥挤/每个角落都有回忆……"

我站在一盏路灯下，细细地听，《冬季到台北来看雨》，我不知道，有雨的冬天是怎样的一种感受。头顶的雪细细密密地落，就像风中琐琐碎碎的思绪，努力点染着这个无边无际的冬天。

那一天是冬至。和冬天有关的一切，都至矣尽矣，包括心情。

而心情，回溯到更遥远的时候，却如炉火一般的热烈。在那个草檐下，在那所寒冷入侵不了的房子里，我或坐在炉畔，看一本像日子那么厚的书；或卧在滚热的炕头，伴一只慵懒的猫；或和姐姐们翻绳儿，解九连环，用扑克牌算命，在古老的游戏中，消磨慢慢的光阴。

父亲长年在外地工作，可是每一年的冬至之前，都会回来。陪我们度过最寒冷的腊月，最幸福的正月。我们喜欢听父亲讲故事，特别是漫长的夜里，灯影摇摇，我们的心在每一个情节里起伏。

都说冬至大如年，那是因为外出的人们，总会在冬至前赶回家，守着人间一份小小的团圆。所以，冬至，也是幸福之至。至少，在我的童年和少年是如此，当身经离散，时过境迁，每到这个日子，回想前尘，才会明白，那些不经意间过去的冬至，是怎样地珍贵。

更多的时候，我们会披风戴雪地在外面疯玩儿，村庄里除了麻雀，最活跃的，就是我们这群无拘无束的野孩子。依然会有上了年纪的人，站在村口的高岗上，呼啸的北风吹不熄烟袋锅儿里的那一点火光。他看着被冻得裂了缝的大地，有时会莫名其妙地说："一阳复始。"

当我知道了冬至一阳生的道理，无忧的岁月便已远去了。

而当时我们只知道，从这一天开始，就数九了，开始进入最冷的时候。想象着一个腊月的风雪，想象着三九四九的深寒，心里并没有恐惧。我们已经习惯了零下三十多摄氏度的严冬，更重要的，在腊月的尽头，有一个我们天天盼望着的温暖的年。

走过这段最寒冷的路途，我们就迈出了冬天的门槛，走进一个充满生机的季节。

即使是许多年以后，世事的苍凉与冬至的寒冷重叠在一起，虽然也会彷徨，会失落，会无助，可是却从不绝望。因为，冬至，真的离春天不远了。

不管怎样，冬至，真的是美好的一天。从这一天，有人就会在九九消寒图上，开始给梅花瓣每天染色了吧？

今天之后，白天会越来越长，就像复苏的好心情。

而今天，是所有美好的开始，即使还有那么艰难的一段路要走。

冬至。

虽然昼最短，烦恼也最短；虽然夜最长，梦也最长。

小　寒

我喜欢腊月，那是冬天最浓重的一笔，也是最后的一笔。

腊月，是一个开始。在我的童年，对过年的期盼之情，行走在腊月的每一天里。而总是在腊月初一的前后，或者腊七腊八的前后，小寒，像一扇门，或者像门里的迎宾人，在不经意的行走里抬头，便忽然相遇。

小寒，在我的故乡，正是三九的身前身后，是另一种美好。没有花信的等候，春天也还很遥远，虽然立春已经很近。那是南方的小寒，是传说中的种种。而在松嫩平原上，我们唯一的等候，就是过年。

最深的冬天也淹没不了我们的快乐，就像夜淹没不了梦。零下三十多摄氏度的寒冷，冻结不了我们奔跑的足音。大地上的雪被我们从沉睡中唤醒，空中飞舞的雪与我们相互追逐，我们是冬天里没有被冻结的那朵浪花，依然清澈地流淌绽放。即使在家里，那一炉红红的火，也温暖了许多炉畔古老的故事。

早晨睁开眼睛，屋里依然很暗，窗玻璃上结着厚厚一层霜花，神奇的天然画面，花草葳蕤，杨柳依依。渐渐地，外面的阳光给那些美丽的花园镀上了一层霞光。坐起来，穿上厚厚的棉袄棉裤，把手掌印在霜花上，当丝丝缕缕的凉意驱散丝丝缕缕的睡意，当我的掌印融化了一片花草，我才下了炕。先走到外屋，掀开水缸的盖子，拿起水瓢用力磕碎水面上那层冰，舀起带着冰碴的水一饮而尽。

这个时候房门开了，母亲抱着一捆柴火进来，身后跟着一阵寒风，还跟着探头探脑的花狗。母亲在灶口放好柴火，溜进来的花狗快速地抖动着皮毛，周身泛起一层冷雾。母亲说，今天小寒了，天儿格外冷。我跑向门外，花狗傻乎乎地跟了出来。阳光很好，很晴朗的冷，大地上，墙头上，树枝上，房草上，那些雪都闪着细细密密的光。虽然北风还没开始刮起，脸却瞬间麻酥酥地疼。我想此时我的脸一定冻得通红，就像身后墙上挂着的干干的红辣椒。心里却充满了喜悦，终于到了走向过年的最后一程了。

小寒，总是这样不经意地走进来，跟着母亲，走进烟火尘世，走进温暖的房子，然后，跃上墙上的日历。

日历上，往往是写着二九第几天或三九第几天，小寒，其实是最为寒冷的节气。也许，大寒是比小寒更冷吧？只不过，那个时候，我们的心都因近在身畔的过年而火热着，所以反而不觉其冷了。

当我再次走进院子，家家户户的炊烟便已经升起来了，仿佛因为寒冷，凝而不散，并渐渐地倾倒在北风里。整个村庄都从梦的余绪里走出来，开门的声音，见面的笑语，鸡犬之声，虽然依旧是一个平凡的日子，可是因为小寒，却似乎平添了一些希望，或者心情。

我记得最清晰的小寒，是1988年，那一年，小寒来得特别早，农历冬月十七，公历1月6日。所以，那个小寒没有成为盼年的开始，那一年的年也来得特别晚，公历是2月17日。所以，心里有着一种失落，总觉得这个冬天不完美，就像缺少了一些希望，或者心情。

直到多年以后，我才明白，之所以记住了那个小寒，以及那个冬天的种种细节，是因为，那一年的5月1日，我家从乡村搬进了县城。于是，许多旧时光就破灭了，许多回忆就点亮了。

而三十年后的今天，当小寒再度走进家门，走进心里，往事也随之纷纷萌芽。依然出门看了看，望向故乡的方向，除了寒冷，一切都变了。

回到屋里，不经意地抬眼，看到母亲摆放的那些花盆，在一个花盆里，有一朵花迈过时光的门槛，已经轻轻悄悄地开放了。

大 寒

那一天，我凭窗而坐，屋里依然冷，只是比外面的寒少了风的凛冽，少了雪的侵染。那棵夏日里枝叶浓密的树，此时只余疏疏朗朗，把缠着风披着雪的枝，横伸到我四楼的窗口。

两只麻雀不知在那根枝上停留了多久，披着厚厚的袄，偶尔偏转头颅，我们的目光便穿透寒冷忽然相接。它们的眼中并没有恐惧惊慌，却似乎是闪烁着好奇。有时它们会灵巧地转动身体，本来凝固的身影便灵动起来。然后在某个不被预料的时刻，便忽然一起振翅而飞，投入那片阴暗空荡的天空。蹬落的细雪犹自飘落，枝上爪痕宛然。只剩下窗后的我，愈加清冷孤寂。

那年那日，就是今年今日。在近二十年的沧桑过后，大寒，又在依稀的旧日情境中重来。

依然是窗后的我，依然是窗前的树，却都非前物，时空暗换，就像那两只不再来的麻雀。而大寒，却永远是冬季的最后一抹深情，一场热烈，一份眷恋。

冬天的最深处，寒冷就绽放成了童话。小时候的童话是冰雪的乐园，给雪人融进一份幻想；少年时的童话，是憧憬着和某个人在飞雪里走到白头；青年时的童话，却是于跌跌撞撞中守着希望与豪情，相信可以抵达梦想中的家园。而如今，心里的童话，都是装在玻璃瓶子里的美好，看得见，却触不到，如远逝的过往，如消散的情节。

于是，大寒就成了一个扇门，于不经意间碰触上，就打开了所有的往事。而回忆，也如这个节气般，总是从寒冷渐渐走到温暖。掠过生命中那些黯淡的时光，总有一个大寒，让我暖暖地含泪含笑，动心动情。

就像儿时，这一日的到来，便是走向过年的最后一程。所有的期盼都已经近得可以看到美好，就像当年母亲在花盆里栽的葱，绿意盎然，而那些花盆里的蒜苗，也已蹿起丛丛的喜悦。春天已经在半个月外向我们微笑，笑意漫过光阴，虽然此刻已是最深的冷，却冷中带着柔软。

因为最冷，因为年已近，所以，村庄里便开始忙碌起来。这半个月里，每一件事都浸润着欢喜。包饺子，杀年猪，都是很热闹的场景。过小年，祭灶王爷，打扫卫生，却是过大年的预演。写对联，刻挂钱，买年画，挂灯笼，把幸福一点点地积攒。新衣服，新鞋，新红头绫子，则是一种等待，等着年三十的早晨，让它们光鲜地展现。

爷爷早早地买回了新的日历，经常坐在炕头或者炉边，戴着老花镜，一页页地翻看，看着哪一天过什么节，或者哪一日是什么节气，偶尔看向窗外遥远的大地，思索着又一年庄稼的长势和收成。一个个日子从他手间翻过，有时，他也会拿起笔，在某一页上标记些什么，身旁的黑猫依然慵懒着，不管春夏秋冬。

然后，日子就飞快，就像爷爷坐在那儿翻看日历那般迅速。今天，又是大寒，坐在窗后，窗外有树，没有麻雀，可是回忆却如麻雀般乱飞。回想这一年，和回想前半生，都是同一种感慨，老去光阴速可惊，俱往矣。

只是，今年的大寒，不会再重叠着去年的心情。毕竟新的轮回即将开始，也总会有新的梦和期盼。如此，就保重这份心情，去好好地过年，去好好地生活。让寒冷着的，随着冬天结束，让温暖着的，伴着春天盛开。